夕焼けカプセル

泉 啓子

童心社

小さいころ　泣き虫なのが
いやでした
でも　今は違《ちが》います
泣くことも　笑うことも　すべてが
その瞬間《とき》
其処《そこ》に
私が生きている証《あかし》だと
思うからです

もくじ

レッスン1《ワン》

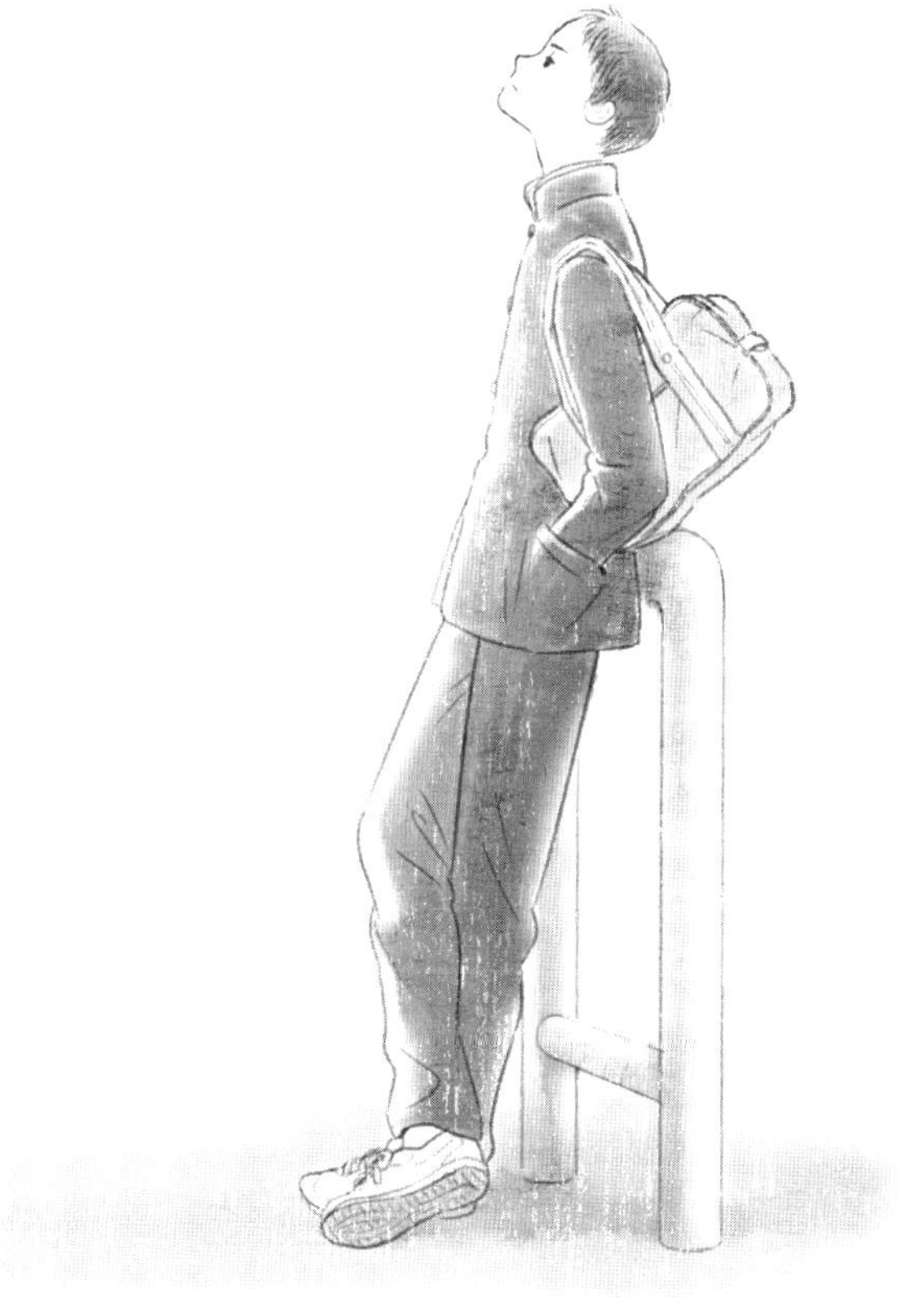

教室の窓《まど》ごしに、暖《あたた》かな陽《ひ》の光がさしこんでいる。校庭のサクラの花も、いつの間《ま》にか散って、小さなうす緑の葉を茂《しげ》らせ始めた。

(澄《すみ》ちゃんも、ヨッコも、元気でやってるかな……?)

仲よしの友達と別れて、不安でいっぱいだった入学式から、二週間——。中学校の生活にも、やっと少しなれてきて、こんな季節の変化を感じる余裕《よゆう》が、でてきたのかもしれない……。

給食が終わった昼休み、席にすわって、ぼんやりそんなことを考えてると、

「ねえねえ、沙良《さら》、陸上部の二年の江口《えぐち》くんて、知ってる?」

とつぜん、後ろの席の晴香《はるか》が背中をつっついた。ふり向いたとたん、

「やだっ、ちょっと、何いうつもりよ?」

あわてて横から奈穂《なほ》が割りこんできた。奈穂《なほ》の席は離《はな》れてるけど、休み時間はいつも、晴香《はるか》のとこに遊びにくる。

「いいじゃん。どうせ、すぐわかっちゃうんだから」

「まあ、別にいいけど……」

あせったわりには、意外《いがい》なほど、あっさりひきさがった。わたしには、何の話か、さっぱりわからない。

晴香《はるか》と奈穂《なほ》は山下小出身《しゅっしん》で、幼稚園《ようちえん》のころからの幼《おさな》なじみらしい。わたしは小学校が違《ちが》うから、知りあって、まだ二週間。二人の会話が通じないことが、たくさんある。そのたび、澄《すみ》ちゃんとヨッコを思い出して、悲しくなる。

澄《すみ》ちゃん達とは、四年生の時からの仲よしだった。けど、澄《すみ》ちゃんが私立の女子中に行くことになって、「三人で美術部に入ろうね」って約束《やくそく》したヨッコも、おじさんの急な転勤《てんきん》で、卒業式が終わるとすぐ、千葉《ちば》に引っ越してしまった。

澄《すみ》ちゃんと離《はな》ればなれになることは、二月の合格発表の時からわかってた。だから、放課後《ほうかご》はなるべく三人で過ごしたり、休みの日にいろんなとこに遊びに行ったり、それなりに覚悟《かくご》はできていた。けど、ヨッコはあまりにとつぜんで、今もまだ悪い夢を見てるみたい。

ショックから立ち直れないまま、迎《むか》えた入学式。体育館の受付で渡された新しいクラスの名簿《めいぼ》に、知ってる名前もいくつかあったけど、二人の他に親しい友達がいなかったわたしは、式が終わった後、緊張《きんちょう》した心細い気持ちで教室に向かった。そして、黒板に描《か》かれた座席表《ざせきひょう》の通り、廊下側《ろうかがわ》の一番前の席にポツンとすわってた。と、

「キャーッ、ラッキー！　いつも一番なのに、二番！」

耳もとでとつぜん、にぎやかな声がした。顔をあげると、背の高い、いかにも活発そうな女の子が立っていた。

「南小？　でしょ？　見たことないもんね。あたし、山下小。クラス、ちょうど半はんみたいね」

目があったとたん、ニコッと笑って、すぐ後ろの席にすわった。わたしは初対面《しょたいめん》の人と話したりするのが苦手《にがて》。けど、そんなことにはまるでおかまいなしって感じで、ぺらぺらしゃべり続けた。

「新学期って、席が出席簿順《しゅっせきぼじゅん》だから、いやんなっちゃうのよね。けど、今年はあんたのおかげで、一番前じゃない。あんた、『あおい』でしょ？　あたし、『あだち』だから。ね？」

うれしそうに名簿《めいぼ》をつき出して、「青井沙良《あおいさら》」のつぎの「安達晴香《あだちはるか》」ってとこを指さした。わたしも小学校の時から、新学期はいつも気が重かった。

（へえ、同じようなこと考えてるんだ……）

急に親しみを感じて、

「いいな。わたしは、今年も一番……」

わざと大げさに、しょんぼりして見せた。

「そっか……『青井《あおい》』じゃ、二番になるのはむつかしいよね。もう、前なんていないんじゃない？」

「そんなことない……相沢《あいざわ》、相原《あいはら》、相本《あいもと》……」

「すごーい。よくポンポン出るね」

「だって、いつも考えてたから……」

「わかるう、その気持ち」

二人で顔を見あわせて、思わずプッとふきだした。初対面《しょたいめん》の人と、あんなに話せたなんて、自分でもびっくりだった。（よかった。話しやすい人で……）とホッとしてると、「ね、下の名前、なんて読むの？」と聞いてきた。

ドキッとした。一瞬《いっしゅん》、（どうしよう）と迷《まよ》ったけど、答えないわけにいかない。

「さら」

小さな声でコソッといった。なのに、

「サラ？　へえ、沙良《さら》か！　カッコいい。アイドルみたい」

まわり中に聞こえるような大きな声でいわれて――あの時は、急いで教室から逃《に》げ出したいほど、はずかしかった。

人見知《ひとみし》りってだけじゃなく、わたしが初対面《しょたいめん》の相手《あいて》が苦手《にがて》な、もうひとつの理由が、これ――。

新しいクラスになって、先生が初めて出席をとる時。名前を呼《よ》ばれた瞬間《しゅんかん》、小さな声で返事して、急いで下を向く。たいてい、男の子の誰《だれ》かが、

「えーっ、青い空？」

大きな声で聞き返すからだ。音で聞くと、確かに「青い空」って聞こえる。

「空じゃない、サ・ラ・だ」

先生がまじめな顔でいい直すと、

「サラダ？」

今度はそんなふうにまぜっかえされて、みんながゲラゲラ笑いだす。そのうち、

「でも、サラなんて、カッコいいよね」

女の子達のひそひそ声が聞こえて、

（えーっ、あの子？）（なーんだ、あの子か）

そんな反応《はんのう》が手にとるように伝わってきて、体がキュッとちぢこまる。

苗字《みょうじ》が出席簿《しゅっせきぼ》の一番ってだけでも、じゅうぶん目立つのに……わたしは目立つこと

が、すごく苦手《にがて》なのに……だから、わたしは自分の名前が、大《だい》っ嫌《きら》い。

つけたのは、ママ。「則子《のりこ》」という名前が、地味《じみ》でふつうすぎるのが、ずっといやだったって。女の子が生まれたら、もっとおしゃれで、すてきな名前をつけるのが夢だったって。ちなみに、三コ下の妹は、玲奈《れな》。小さい時は、「字がむつかしくて、やだ」って、もんくいってたけど、最近はけっこう気に入ってるみたい。人なつっこくて、誰《だれ》にでもかわいがられるタイプの子だから、玲奈《れな》には「玲奈《れな》」って名前が似合《にあ》ってるって、わたしも思う。でも、わたしはもっとふつうの名前がよかった。「沙良《さら》」なんて、絶対《ぜったい》わたしには似合《にあ》わない。だれだって、そう思うに決まってる。口に出したら、『そんなこと、いちいち気にしてないわよ。自意識過剰《じいしきかじょう》じゃない？』っていわれそうで、いつもテキトーにニコニコ笑って、ごまかしてきたけど……。

実際《じっさい》、注目《ちゅうもく》されるのは最初だけ。後はふつうに「青井《あおい》さん」だった。今まで、下の名前で呼《よ》びあったのは、澄《すみ》ちゃんとヨッコだけ。だから、今度も、そうだと思ってたのに、晴香《はるか》は、入学式の日からずっと、わたしを「沙良《さら》」って呼《よ》んでいる。初めは、ひどく落ち着かない気分だった。でも、幼《おさな》なじみの奈穂《なほ》を紹介《しょうかい》されて、毎日二人に「沙《さ》良《ら》」「沙良《さら》」って呼《よ》ばれてるうちに、なんだか少しずつなれてきて、前ほど自分の名前が気にならなくなってきた。やっぱり、自意識過剰《じいしきかじょう》だったのかな……。

と、まあ、そんなわけで、晴香《はるか》達と親しくなったおかげで、思いがけず、一人ぼっちで不安だった中学生活のスタートが、ずいぶん楽になった。

ただ、反対《はんたい》にちょっと困《こま》ったこともあって……。というのも、山下小出身《しゅっしん》の女の子の中でも、二人はかなり目立つ存在《そんざい》で、休み時間になると、まわりに何人もの子が集まってくる。気がついたら、いつの間《ま》にか、晴香《はるか》の前の席のわたしも、その輪の真ん中に入ってた。

とにかく、彼女《かのじょ》達のにぎやかなこと！　小学校の時の澄《すみ》ちゃんもヨッコも、どちらかというと、わたしと同じ、おとなしいタイプだったから、いきなり嵐《あらし》のど真ん中に放りこまれたようで、それこそ最初の何日かは、その場にいるだけで、めまいがしそうで、帰りの時間になるころには、いつもグッタリだった。

中学は授業ごとに先生がかわる。家でいちおう予習はしても、休み時間に、つぎの授業の準備をしないと、なんとなく不安で……。それに、自分のタイミングでトイレにも行きたいし、一人でゆっくり考えたいこともある。だからって、「静かにして」ともいえないし、むやみに教室の外に逃《に》げ出すわけにもいかないし……。おまけに、うちのクラスは南小出身で目立つ子がいないから、今のところ、晴香《はるか》達が主流派《しゅりゅうは》って感じ。その中に、わたしがまじってるのを見て、前からわたしを知ってる人が、遠まきにこっちを見ながらひそひそやってるのにも気づいてる。今に何かいわれそうでヒヤヒヤするけど、どうしようもない。

各教科の最初の授業がひととおり終わって、先週から、部活の説明会と、体験入部《たいけんにゅうぶ》が始まった。小学校で何かやってたり、上級生にさそわれたりして、たいていの人が、もうどこかに決めたらしい。晴香《はるか》はミニバスをやってたからバスケ、奈穂《なほ》は陸上。

「せっかく、中学に入ったのに、帰宅部《きたくぶ》じゃ、もったいないわよ」

わたしもママに毎日のようにしつこくいわれてる。けど、ヨッコがいなくなって、絵は好きだけど、特別じょうずなわけじゃないし、一人で美術部に入るなんて勇気は、とてもない。

ヨッコといえば、驚《おどろ》いたことに、向こうの中学で、友達にさそわれて、ダンス部に入ったって。運動はあまり得意《とくい》じゃなかったのに……。澄《すみ》ちゃんは小さい時からピアノをならってて、音楽が好きだったから、吹奏楽部《すいそうがくぶ》に入って、フルートにチャレンジしてるって。二人とも、時どきくれるメールを読むと、すごく楽しそう。わたしだけ、「会いたい」とか「さみしい」とか、泣きごといって心配させてもいけないから、「わたしも元気にやってます。新しい友達、できたよ」って、送っといたけど……。でも、正直《しょうじき》、このクラスで、この先ずっと、晴香《はるか》達とうまくつきあっていけるか、不安でしょうがない。

「じゃあ、沙良《さら》に教えてあげるね。奈穂《なほ》がなんで、陸上部に入ったかっていう理由」

晴香《はるか》はもったいぶった口調《くちょう》でいうと、ちょっとじらすように間《ま》をあけてから、

「それは、江口《えぐち》くんがいるからでした。ジャーン！」

マジックの種《たね》でも明《あ》かすように、オーバーに両手を広げて見せた。そして、

「初恋の相手《あいて》なんだよね？」

奈穂《なほ》の顔をのぞきこんで、ニヤッと笑った。

「初恋じゃ、ないけど……」

奈穂《なほ》はもごもごいって、でも、それ以上は否定《ひてい》しなかった。

「奈穂《なほ》、小さいころから、足がすごい速くて、江口《えぐち》くんと知りあったのも、運動会のクラス対抗《たいこう》リレーで……南小もあるでしょ？　四年以上の、一組とか二組とか、クラスごとの代表の男女六人で走る……それでたまたま同じチームになって、練習してるうちに……どっちが先に、好きになったんだっけ？」

「えっ、別にどっちだって、いいじゃん」

急に聞かれて、奈穂《なほ》ははずかしそうにプイッと横を向いた。

「でね、去年、江口《えぐち》くんが卒業して……あーあ、離《はな》ればなれになっちゃったなって

思ってたら……とつぜん陸上の試合にさそわれて……それから、正式《せいしき》につきあうようになったんだよね」

「もうやめてったら」

奈穂《なほ》が口をふさごうとした手をはらいのけて、晴香《はるか》はなおもしゃべり続けた。

「なんせ、小学生と中学生だから、あっという間《ま》にうわさが広がって……超有名《ちょうゆうめい》だったんだよ。ね？　ちなみに、愛《あい》は斎藤《さいとう》くんを追っかけて、ブラバンに入って、けっこういい感じなんでしょ？」

いつの間《ま》にか、そばで話を聞いていた同じ山下小出身の田岡《たおか》さんをふり向いた。

「でね、わたしだけ、サッカー部の森川《もりかわ》くんに、悲しい片思い中。サッカーって、女の子は入れないから、遠くから見てるしかないの」

最後はオチのように、自分のことまで、あっけらかんといって、わざとらしく手でまぶたをぬぐうふりをした。

「晴香《はるか》ったら、何いってんの。一人だけ、片思いなんていって、ほんとはすごいモテるんだよ」

奈穂《なほ》が仕返《しかえ》しのように口をとがらせた。

「卒業式の日に、今度陸上に入った島崎《しまざき》って子にコクられたのに、あっさりふっちゃったんだから」

「トーゼンでしょ？　好きでもない男とつきあえる？」

「それはそうだけど……晴香《はるか》の場合、理想が高すぎるんだよ」

「理想は高く、カロリーはひかえ目に」

ケタケタ笑った晴香《はるか》が、

「じゃ、今度は沙良《さら》」

とつぜん、パッとこっちをふり向いた。

「えっ？」

「えっ、じゃないよ。正直《しょうじき》にいいなさい」

「センパイ？　それとも、同じ学年？」「部活、どこ？」

奈穂《なほ》と田岡《たおか》さんも、すぐに矢継《やつ》ぎばやに聞いてきた。

「ちょ、ちょっと待って」

おろおろして、みんなの顔を見まわした。と、

「とぼけないの。好きな人、いるんでしょ？」

晴香《はるか》にこわい目でジロッとにらまれた。びっくりして、あわてて首を横にふった。

「うそーっ、そんなわけないじゃん」「一人だけ、秘密主義《ひみつしゅぎ》なんて、ずるいぞ」「おらおら、さっさと、はいちゃいな」

口ぐちにつめよられて、思わず、泣きそうになった。そのとたん、みんな、信じられないような顔で、まじまじとわたしを見た。

「うそでしょう？」「じゃあ、今じゃなくて、過去《かこ》の話でもいいよ」「ただし、幼稚園《ようちえん》の時とか、いわないでよ」

わたしはほんとうにどうしていいかわからなかった。今まで、澄《すみ》ちゃんやヨッコと、クラスの男の子の話をしたことはある。

「本多《ほんだ》くん、優《やさ》しいよ。きょう、算数の宿題、ページ間違《まちが》えちゃって、どうしようってあせってたら、『早く、うつしちゃいなよ』って、こそっと横からノート見せてくれたの」「えーっ、ひょっとして、沙良《さら》のこと、好きなんじゃない？」「やだ、そんなんじゃないってば」

たったそれだけの、たわいない話。からかうほうも、軽いジョーダンのつもりだから、それ以上、しつこく追及《ついきゅう》したりしない。後は、テレビに出てるジャニーズの誰《だれ》がいいとか……晴香《はるか》達みたいに、「コクる」とか「つきあう」とか、まるで別世界の話だった。

「ほんとに、ごめん……」

それ以上、何もいえなくなって、思わずジワッと涙《なみだ》が出てきた。

「やだ、ちょっと、どうしたのよ、沙良《さら》？」

晴香《はるか》にあわてて顔をのぞきこまれて、

「ごめん……トイレ、行ってくる」

急いで教室を飛び出した。

「信じらんない！　今まで、好きになった男の子がいないなんて」「ありゃあ、かなりの重症《じゅうしょう》だよ。あたし達でなんとかしなきゃあ」「でも、ほんとかなあ？　十二年だよ。十二年間生きてきて、何人の男と出会ったと思うのよ。その一人も、好きにならなかったなんて、ありえる？」

後ろから、晴香《はるか》達のカン高い声が追いかけてきた。

「ねえ、ママ、中学の時、好きな男の子、いた？」

夕食の後、玲奈《れな》がリビングにテレビを見に行くのを待って、できるだけさり気《げ》ない調子《ちょうし》で聞いてみた。

わたしがいきなり、そんなことを聞いたから、びっくりしたのだろう。一瞬《いっしゅん》、ポカンとした顔をして、

「えっ？　ええ、いたわよ、そりゃあ、もちろん」

それから、あわてて、思いっきり力の入った声でいった。澄《すみ》ちゃんも、ヨッコもいない中学で、部活にも入ろうとしないわたしを、ママはずっと心配してた。

「こんなことなら、沙良《さら》も私立、受験すればよかったわねえ」

ヨッコが引っ越すことを知ってから、悔《く》やむように何度もいった。ママはもともと私立を勧《すす》めたのに、わたしがヨッコと同じ中学に行きたいって、強引《ごういん》にいいはったのだ。だから、家の空気もなんとなくどんよりと重かった。それがとつぜん、こんなことをいい出したのが、よっぽどうれしかったらしい。ママは久しぶりに、うきうきしたようすだった。

「小学校の時も、誰《だれ》だれくん、カッコいいって、女の子どうしでキャアキャア騒《さわ》いだけど、でも、ほんとに胸《むね》がキュンとなるような恋は、やっぱり中学に行ってからね。目があっただけでドキドキして、朝、『おはよう』っていわれただけで、一日中しあわせで……わあ、なつかしいなあ」

急に遠くを見るような目になって、洗い物を中断《ちゅうだん》すると、

「ね、沙良《さら》、恋に恋するって、知ってる？」

ぬれた手をふきんでふきながら、テーブルにすわった。わたしは黙《だま》って首を横にふった。

「あのね……恋をしたいなあって気持ちがまずあって、その対象《たいしょう》になる相手《あいて》を探《さが》すの」

ママは大切な秘密《ひみつ》のレシピでも打ち明けるようにいった。

「そして、見つけたら、初めはその人の外見《がいけん》、顔や声や……ちょっとしたしぐさなんかを通して、自分の『好きな人』のイメージをどんどんふくらませていくの。だから、心の中の人と、現実《げんじつ》のその人とは、ずいぶん違《ちが》ってたりするけど……でも、だからかな？　大人になる前の、そういう恋って、いつまでも色あせないで、ずーっと心の奥《おく》に残ってる」

そういいながら、何かを思い出すように、ぼんやり遠くをながめた。それから、ハッとしたように目の前のわたしに視線《しせん》を戻《もど》すと、

「沙良《さら》、もしかして、誰《だれ》か、好きな人できたの？」と聞いてきた。

「あ、いや……わたしじゃない」

あわてて首を横にふった。

「前に話したでしょ？　今度、同じクラスになった山下小の人達。みんな、好きな相《あい》手《て》がいるらしくて……きょう、休み時間、その話でもりあがって……」

「そっか、沙良《さら》も、そういう年ごろになったんだね。っていうより、今までこういう話しなかったのが、ふしぎなくらいよね？　玲奈《れな》なんて、ほら、幼稚園《ようちえん》のころから、大《だい》ちゃんとか、杉本《すぎもと》くんとか、ボーイフレンドいたもんね」

ママはそういって、おかしそうにクスクス笑った。そう、玲奈《れな》はわたしと違《ちが》って活発な性格《せいかく》だから、四年生の今も、女の子より男の子の友達のほうが多いくらいだ。

「で、どうなの？　沙良《さら》も中学に入って、いいなあって思う男のセンパイとか、いるの？」

「えっ、いないよ、そんなの」

「どうしてよ。あなたも負けずに探《さが》せばいいじゃない」

ママはひどく真剣《しんけん》な表情でいった。

「あー、でも、沙良《さら》は長女だし、男の兄弟もいないから、今まで免疫《めんえき》がなかったのかもね」

「免疫《めんえき》？」

「ママはほら、二歳《さい》年上の、代々木《よよぎ》の康男《やすお》おじちゃんがいたでしょ？　小さい時から、おじちゃんの友達がしょっちゅう家に遊びにきて、年上の男の子とも、ふつうに話してたから。反対《はんたい》にクラスの男の子達が幼《おさな》く感じて……向こうから見たら、そうとうなまいきな女の子だったかもね」

クスッと笑って、急にまた何か思い出したように、はずんだ声で話し始めた。

「中に、すごくすてきな人がいてね、おにいちゃんの友達だっていったら、クラスの女の子達が、その人目当てに、家にドドッとおしかけてきて、ドアのすき間《ま》から、みんなでキャアキャアいいながら、のぞいて……」

ママの話はまだえんえんと続きそうだった。わたしは完全に置《お》いてきぼりをくらった気がして、（よけいなことを聞かなきゃよかった）と後悔《こうかい》した。

「もう宿題しなきゃ」

壁《かべ》の時計に目をやって、部屋に引き上げようとした。と、

「あ、ごめん、つい昔のこと思い出しちゃって……」

あわてて、わたしのほうに顔を向けると、

「でもね、さっきの話だけど」

急にあらたまった口調《くちょう》で切り出した。

「考えたら、澄香《すみか》ちゃんも、依里子《よりこ》ちゃんも、長女よね？　長女で、どっちかっていうと、おとなしい子ばっかりよね？」

「だから？」

わたしはママのいい方《かた》に、思わずカチンときた。

そんなこと、今さらいわれなくても、わかってる。いつも自分達で話してた。「長女」っていうより、澄《すみ》ちゃんは妹と弟、ヨッコは弟、わたしは妹――つまり、三人と

も、一番上の子で、お兄さんやお姉さんがいない。「下の子」にくらべて、それがどんなにソンかっていうことを……。

上の兄姉《きょうだい》がいる人は、早くからいろんなことを知っている。音楽でも、流行《りゅうこう》のファッションでも、中学や高校のことも……。小学校と違《ちが》って、科目ごとに先生が違《ちが》うから、授業のやり方《かた》もバラバラだし、なかなか顔と名前を覚《おぼ》えてもらえないとか、部活は一年違《ちが》うだけで上下関係がきびしいとか……。クラスの友達や上級生に、少しは聞いて知ってるけど、入学するまで、ずっと不安だった。でも、下の子は、お兄さんやお姉さんに、なんでも聞けるし、親も上の子で経験してるから、いいよねって――。

「もちろん、二人とも、まじめで、いい子だけど、沙良《さら》、昔から、ちょっと引《ひ》っ込《こ》み思案《じあん》のとこあるから、男の子の話でも、なんでもできるお友達ができたの、よかったんじゃないかと思って」

そっか……ママが一番いいたかったのは、そのことだったんだ。

「そうよ。せっかく中学生になったんだから、勉強も大事《だいじ》だけど、今しかできないこと、恋でもなんでも、どんどんしたらいいわよ。好きな男の子がいると、毎日、学校に行くのが楽しいわよ」

「……」

どう返事したらいいかわからず、わたしは黙《だま》ってキッチンを出て、自分の部屋に戻《もど》った。

たぶん、あれがママの本音《ほんね》なんだ。ママはずっとわたしに、女の子として不満《ふまん》を持っていた。「わたしの娘《むすめ》なのに、どうして?」って……。口には出さなかったけど、もしかしたら、澄《すみ》ちゃん達のことも、あまり好きじゃなかったのかも……。そう思ったら、なんだか悲しくなってきた。

ママはきっと中学生のころ、クラスで一番目立つタイプの女の子だったに違《ちが》いない。男の子にも人気があって――だから、娘《むすめ》のわたしにも、沙良《さら》なんて名前つけて――そんなおしゃれな名前にふさわしい女の子になってほしいって……ずっとそう思ってたんだ……。

（どうしてママに、あんなことを聞いたんだろう？　何を聞きたかったんだろう？）

自分のしたことに、自分で傷《きず》つくなんて、ばかみたい。

ベッドにもぐりこんだら、思わず涙《なみだ》が出てきた。

澄《すみ》ちゃんとヨッコに会いたかった。わたしの気持ちを、わかってくれるのは、やっぱりあの二人しかいない。彼女達《かのじょ》とは、ほんとの姉妹《しまい》みたいに、いつもいっしょだった。勉強のことも、家族のことも、なんでも話せた。三人の中では、澄《すみ》ちゃんが長女、ヨッコが次女、そして、なぜかわたしが末っ子ってことになっていた。澄《すみ》ちゃんは三人姉弟《きょうだい》の一番上だし、誰《だれ》が見ても、しっかり者の長女タイプ。わたしも長女なのに、ぜんぜんそう見えないって。そばについてて、何かあったら、守ってあげないと心配な感じだって。そういわれるのが、でも、うれしかった。二人といると、すごく安心して、ありのままの自分を出せる気がした。

でも、澄《すみ》ちゃんもヨッコも、すごく忙《いそが》しそうで、メールをやりとりする回数も、どんどんへってきた。

「これからも、なんでも相談《そうだん》してね」「沙良《さら》はいつまでも、わたし達の妹だからね」

大切に保存《ほぞん》してある、二人からのメールを見たら、また涙《なみだ》がこぼれそうになった。

ゴールデンウィークに三人で会おうって約束《やくそく》したけど、ほんとに会えるかな？


つぎの日、学校に行ってからも、ママにいわれたことが、ずっと頭から離《はな》れなかった。わたしはママの望《のぞ》むような女の子になれないし、なりたいとも思わない。なのにどうして、こんなに気になるのか、自分でもふしぎだった。

ママは最後にジョーダンめかしていった。

「たくさん恋して、男の人、見る目きたえとかないと、パパみたいにすてきな相手《あいて》、見つけられないわよ」

でも、あれもたぶん本心《ほんしん》だ。

確かにパパは、まわりのお父さん達とくらべても、家族思いのいい父親だと思う。

小さい時から、休みの日にいろんなとこに連れてってくれたり、ママが忙《いそが》しい時はさり気《げ》なく家事《かじ》を手伝ったり……。でも、それより、わたしが一番好きなのは、頭ごなしに怒鳴《どな》ったりしないこと。

たとえば、みんなでどこかに出かける直前――どういうわけか、そういう時にかぎって――玲奈《れな》とつまらないことでケンカになって、ママに怒《おこ》られてると、必ずパパがきて、両方のいいぶんをていねいに聞いてくれた。「もう、日が暮《く》れちゃうわよ」って、ママはそのたび、カリカリしてたけど……。


昼休み、晴香《はるか》達が他のクラスに用があるというので、そんなことをいろいろ思い出しながら、教室の窓《まど》から、ぼんやり下のグラウンドをながめてた。

と、上級生らしい一団《いちだん》が、サッカーボールで遊んでるのが目に入った。人数は十人くらいだから、フットサルかもしれない。中に一人、ずばぬけて足の速い人がいた。相手《あいて》からボールをうばったと思うと、何人もの間をドリブルしながら右に左に、すごいスピードで走りぬけて、まだずいぶん距離《きょり》があるのに、いきなりゴールに向かって、シュートした。シュートした球《たま》が大きくはずれた瞬間《しゅんかん》、「うわあっ」と両手で頭をかかえて、その場にしゃがみこんだ。そして、そのまま頭の上で両手をあわせて、「悪い悪い」と、まわりの人達にあやまった。失敗《しっぱい》したのに、なんだかすごく楽しそうだった。グラウンドにふりそそぐまぶしい光を、体いっぱいにあびて、キラキラ光ってるように見えた。転《ころ》がったボールを走って取りにいって、走って戻《もど》ってくると、またゲームが始まった。たぶん、昼休みの遊びだからだろう。プレーしながら、ジョーダンをいって、笑ったり、後ろから友達にワッと飛びつかれて、子犬みたいにじゃれあいながら地面にころがったり……何をしてても、ほんとに楽しそうだった。

（いいなあ……あんなふうに走れて、あんなふうに笑えて……）

いつの間《ま》にか、夢中《むちゅう》でながめてた。

（あの人に、しようかな……）

とつぜん、胸《むね》の奥《おく》からプクッとあぶくみたいに、その思いは浮かんできた。

『好きな男の子がいると、学校にいくのが楽しいわよ』

ゆうべのママの言葉が甦《よみがえ》った。

（そうかも、しれない……）

今まで、そんなこと、思いもしなかったけど――誰《だれ》も知らない、自分だけの秘密《ひみつ》を持つって、ちょっといいかもしれない。なんだか、目の前の世界が――学校という場所が、今までとぜんぜん違《ちが》ったものに見えてきた。

「なに、してんの？」

とつぜんの声にドキッとしてふり向くと、すぐ後ろに晴香《はるか》が立っていた。いつの間《ま》に、きたのか、ちっとも気がつかなかった。

「あ、え、別に……」

あわてて、窓《まど》から離《はな》れようとしたけど、遅《おそ》かった。

「あーっ、もしかして……」

晴香《はるか》は確かめるように窓《まど》の外をのぞくと、

「へーえ、そういうことだったのかあ」

勝手《かって》に何かを納得《なっとく》したように、ニヤニヤしながら、わたしの顔を見た。そして、

「ちょっと、ちょっとォ、早くきて！」

びっくりするような大声で、教室の入り口に向かってさけんだと思ったら、かけよってきた奈穂《なほ》に、

「ね、ね、聞いてよ。沙良《さら》、岩城《いわき》センパイ、見てたんだよ。ほらっ！」

ひどく興奮《こうふん》したようすで、グラウンドを指さしてみせた。

「えーっ、うそっ！　そうだったのォ？」

今度は奈穂《なほ》がびっくりしたように、わたしを見た。

「やだ、なんで早くいわないのよ。岩城《いわき》センパイ、江口《えぐち》くんと陸上部で一番仲いいんだよ」

とつぜん、何が起きたのか、わけがわからなかった。けど、二人のようすから、何かただごとじゃない——悪い予感《よかん》が胸《むね》に広がった。

「岩城《いわき》、センパイ？　……陸上？」

　二人の顔をこうごに見ながら、おずおずと聞き返した。

「そう。江口《えぐち》くんと同じ陸上部の二年生。もうすぐ三年が引退《いんたい》したら、たぶん、どっちかが部長で、どっちかが副部長」

「いやあ。沙良《さら》も、すみにおけないねえ。男の子にぜんぜん興味《きょうみ》ないような顔して、杉中《すぎちゅう》一のスターをねらってたなんて……」

「ちょ、ちょっと待ってよ、二人とも」

　びっくりして、あわてて間に割りこんだ。

「なんか、カン違《ちが》いしてるんじゃない？　わたし、ただグラウンドでサッカーしてるの、見てただけだから……。第一《だいいち》、どの人が、その岩城《いわき》センパイかなんて、知らないし……」

　男の人を夢中《むちゅう》で見てたのは確かだから、それを気づかれたのかもしれないと、みょうにおろおろしてしまった。

「じゃ、まあ、名前は知らなかったとして……どの人、見てたの？　今、ボール、相《あい》手《て》からうばって、こっちに向かって走ってくる、白いランニングの人じゃない？」

思わずドキッとした。晴香《はるか》がいったのは、間違《まちが》いなく、わたしが見てた人だった。

（あ……今、またボールとられて、シュート、決められた。悔《くや》しそうに髪《かみ》の毛《け》くしゃくしゃにして、笑ってる……）

「ほらあ、あの中で、誰《だれ》見てたかなんて、聞かなくたって、わかるわよ。女の子が夢《む》中《ちゅう》で見とれる相手《あいて》なんて。ねえ？」

晴香《はるか》が勝ちほこったようにふり向くと、

「まあ、確かに、岩城《いわき》センパイがカッコいいのはみとめる。わたしは、江口《えぐち》くんのほうが、ぜんぜんいいと思うけど……。それに、あんまりたくさんのライバルがいるのも心配だしね」

奈穂《なほ》は余裕《よゆう》の表情で、ちょこっと肩《かた》をすくめて見せた。

「なんせ、うわさによると、杉中《すぎちゅう》の全校生、四百二十人のうち、女子が半分の二百人として、その半分とまではいかないけど、三分の一か、四分の一が、岩城《いわき》センパイだってよ――っていうのは、少しオーバーな気もするけど」

（……知らなかった……そんな有名な人だったんだ……わたしがひそかに「見つけた」って思ったのに……）

楽しそうにグラウンドを走る姿《すがた》が、チラッと頭をかすめた。けど、忘《わす》れよう――そう決めた。とたん、

「でも、だいじょうぶ、まかせて」

奈穂《なほ》がバンッと胸《むね》をたたいた。

「どんなにライバルがたくさんいたって、江口《えぐち》くんと、わたしがついていれば、沙良《さら》のこと、なんとかしてあげるから」

「なんとかって、どうするの？」と、晴香《はるか》が聞いた。

「そうねえ。まずは沙良《さら》の存在《そんざい》を知ってもらわなきゃ。今度、いっしょにいる時、紹《しょう》介《かい》してあげる」

(えっ?)

びっくりして、あわてて首を横にふった。

「いい……ほんとに違《ちが》うから……誤解《ごかい》だから……」

必死《ひっし》に否定《ひてい》したけど、わたしのいうことなど、もう聞いてなかった。

「すっごい楽しみができたね」「沙良《さら》、岩城《いわき》センパイ、ゲット作戦、開始《かいし》!」「おう!」

小さくハイタッチなんかして、二人で勝手《かって》にもりあがってる。

(どうしよう……とんでもないことに……)

午後の授業が始まってからも、先生の話がぜんぜん耳に入らなかった。

でも、しばらくして、少し気持ちが落ち着いてきたら、いくら親しい部活のセンパイだからって、知らない子をいきなり紹介《しょうかい》するなんて、あるわけないと気がついた。

なんだ、二人に、いいようにからかわれただけだって……。

ところが、信じられないことに、晴香《はるか》達は本気《ほんき》だった。六時間目の授業が終わって、きょうはバスケの午後練《ごごれん》がないから、いっしょに帰ろうって晴香《はるか》にいわれて、校門に向かって歩いてた時。

「沙良《さら》ーっ」

とつぜん、グラウンドのほうから声がして、奈穂《なほ》がこっちに手をふってるのが見えた。今から、練習の準備を始めるらしく、陸上部の人達が倉庫《そうこ》から道具を運び出している。

「ほら、奈穂《なほ》の右から、いち、にい、さん……四番目の背の高い人が江口《えぐち》くん。並《なら》ぶと、二十センチ以上違《ちが》うから、早くヒールのくつ、はきたいって、いつもいってる」

晴香《はるか》にいわれて、江口《えぐち》くんて人を探《さが》してると、

「あ、今ちょうど、岩城《いわき》センパイと話してる。ね？」

とつぜん背中をたたかれて、ドキッとした。昼休みに見た人に間違《まちが》いなかった。その時、奈穂《なほ》がセンパイにかけよって、こっちを見ながら、何か話し始めた。びっくりして、あわてて逃《に》げようとした。けど、晴香《はるか》に腕《うで》をガッチリつかまれて動けない。と、すぐに奈穂《なほ》が息《いき》を切らせながら、かけよってきた。

「今、岩城《いわき》センパイに、沙良《さら》のこと、話してきたからね」

「なんていったの？」

晴香《はるか》がいきおいこんで聞いた。

「晴香《はるか》といっしょにいる子、沙良《さら》っていって、南小からきたんだけど、今同じクラスで、すっごくいい子だよって」

「それだけ？」

晴香《はるか》が拍子抜《ひょうしぬ》けしたようにいった。

「いいの。こういうことは、少しずつ、時間かけたほうが。岩城《いわき》センパイ、いきなり、コクるとか、ずうずうしい子、好きじゃないから」

「そっか。さすが、年上のカレシがいると、違《ちが》うねえ。じゃ、江口《えぐち》くんと岩城《いわき》センパイによろしく。練習がんばって」

奈穂《なほ》がニコッと手をふって走っていくと、

「よかったね」

晴香《はるか》がいきなりギュッとわたしを抱《だ》きしめた。

いったい、何が起きたのか、わけがわからなかった。ただ、わたしがもう何をいっても、二人を止められない――そんな絶望的《ぜつぼうてき》な気持ちがおそってきた。

晴香《はるか》と別れて、家に帰って、夕食を食べて、ベッドに入って眠《ねむ》るまで、（あしたから、どうか、これ以上何も起きませんように……）と、ひたすら祈《いの》るしかなかった。


「あ、きた！」

つぎの朝、ドキドキしながら、教室に入ったとたん、待ちかねたように晴香《はるか》と奈穂《なほ》がかけよってきた。

「きのう、あの後、岩城《いわき》センパイに、『沙良《さら》のこと、どう思う？』って聞いたの。そしたら、『あんな遠くからじゃわからないよ。もっと目の前でちゃんと紹介《しょうかい》してくれなきゃ』だって」「ねえ、すごいでしょう？　沙良《さら》、名前の通り、サラサラヘアで、いかにも清純《せいじゅん》！　って感じだから、もしかして、岩城《いわき》センパイの好《この》みかもよ」

ふだんから、にぎやかな二人が、いつもの何倍も興奮《こうふん》していた。

「うん、岩城《いわき》があんなことというなんて、めったにないって、江口《えぐち》くんも、ちょっとびっくりしてた。おおいに可能性《かのうせい》、ありだよ。奈穂《なほ》の友達なら、ちょうどいいしって。もしうまくいったら、ダブルデートとかできるもんね」

「えーっ、いいなあ。あたしも陸上の誰《だれ》かだったらよかったなあ」

「いるじゃん、島崎《しまざき》」

「だって、ことわっちゃったもん」

「向こうはまだ、晴香《はるか》のこと、好きみたいだよ」

「うーん、ほんとは中学に入ったばっかだから、もう少し、フリーでいたいけど……でも、もし、沙良《さら》がそんなことになったら、もう一度、考えようかな？　六人で、どっか行くなんて、楽しいよねえ」

「そうだよ。サッカー部の森川《もりかわ》くん、遠くから見てるより、そのほうが絶対《ぜったい》いいよ」

「でも、まだ島崎《しまざき》には、いわないでよ」

「わかってるって。まずは、沙良《さら》だよね」

二人の会話は、ものすごいスピードでどんどん進んでく。

(どうしよう……やっぱり、ちゃんといわなきゃ)

きのうの昼休み、たまたまグラウンドを見てたら、岩城《いわき》センパイが友達とサッカーをしてて、それがすごく楽しそうで……まわりに人がたくさんいるのに、一人だけ、キラキラ輝《かがや》いてるように見えて……いいなあって、磁石《じしゃく》ですいつけられたように、目が離《はな》せなくなった。いつまでも、見ていたいって思った。これが(好き)って気持ちなのかもしれないって……。

でも、奈穂《なほ》は、江口《えぐち》くんといっしょにいたいから、陸上部に入ったって、いったよね？ それがほんとの(好き)ってことなら、わたしのはぜんぜん違《ちが》うから……ただ遠くからながめて、幸せな気分になってただけだから……もっと近づきたいとも、話したいとも思わない……だから、もうほっといてほしいの……。

けど、それをどう説明したらいいかわからなくて、結局《けっきょく》何もいえなかった。

「どうしたの？」

わたしが黙《だま》ったままなので、晴香《はるか》が心配そうに聞いてきた。

「だいじょうぶ。安心して、わたし達にまかせて」

奈穂《なほ》も、はげますように、きのうと同じ言葉をくり返した。

「でね、来週の二十九日、ゴールデンウィークの初日《しょにち》に、三ツ沢競技場《みざわきょうぎじょう》のグラウンドで、区内の中学校の合同練習があるから、晴香《はるか》といっしょにおいでよ。練習っていっても、正式《せいしき》にタイム計《はか》ってやるらしくて、五十メートルと百メートルに、わたしも出ることになったから」

はりきったようすでいうと、わたしの耳もとに口をよせて、

「とちゅうの休憩《きゅうけい》か、終わってから、正式《せいしき》に岩城《いわき》センパイに紹介《しょうかい》するから」

こそこそっと、内緒話《ないしょばなし》のようにいった。びっくりして、あわてて奈穂《なほ》から身を離《はな》した。と、

「いきなり、つきあうとかじゃなくて、まずはちゃんと友達になろうよ。ね？」

まるで年上のお姉さんが、さとすような口調《くちょう》でいわれた。

（このままじゃ、たいへんなことになる。ことわらなきゃ）

「あ、あの……でも、ゴールデンウィークは……」

もぞもぞと口を開いたとたん、

「なんか、予定あるの？」

キッとした顔で聞き返された。

（こんなに一生懸命《いっしょうけんめい》、してあげてるのに……）といわんばかりの表情に、

「あ、いや……」

思わず、うつむいてしまった。

ちょうどホームルームが始まるチャイムが鳴り出した。

「とにかく、こんないいチャンス、めったにないんだから。タイミングって、大事《だいじ》なんだよ。わたしの時も、そうだったんだから」

最後にビシッといって、自分の席に戻《もど》っていった。こんな奈穂《なほ》、今まで見たことな

かった。いつもは、どっちかっていうと、晴香《はるか》の後ろにくっついてる感じなのに……。

「奈穂《なほ》、はりきってるね」

晴香《はるか》がおもしろそうにいった。

「江口《えぐち》くんにも頼《たの》んだっていってたから、どうしても、沙良《さら》を岩城《いわき》センパイに紹介《しょうかい》したいんだよ。二十九日は、記念《きねん》すべき中学デビュー戦だしね。沙良《さら》も、あんまり大げさに考えないで、気楽《きらく》に奈穂《なほ》の応援《おうえん》に行くと思えばいいじゃん」

（……そんな、気楽《きらく》にっていわれても……）

ひどく重い気分で、自分の席に戻《もど》った。きょうはこれ以上、晴香《はるか》や奈穂《なほ》と話したくなかった。といって、授業が終わるまで、まだずいぶん時間がある。気分が悪いと、早退しようかとも思ったけど、家に帰って、ママによけいな心配されることを考えたら、それもできない。

こんな時、ヨッコがいてくれたら——ヨッコの引っ越しを、きょうほど、うらめしく思ったことはなかった。

でも、なんとか最後まで、乗りきった。奈穂《なほ》は、晴香《はるか》がいった通り、二十九日の合同練習のことで、かなりテンションがあがってた。岩城《いわき》センパイは自分と同じ短距離《たんきょり》だけど、江口《えぐち》くんは四百と八百の中距離《ちゅうきょり》。おたがい、違《ちが》って、だから、相性《あいしょう》がいいんだとか、小学校の競技会《きょうぎかい》で知りあったライバルに会えるかなあとか、休み時間のたびに、陸上のことばかり、夢中《むちゅう》でしゃべった。そして、

「陸上やってる人は、走ってる時が一番カッコいいから。沙良《さら》、絶対《ぜったい》きて、自分の目で確かめてね」

何度もしつこく念《ねん》をおすようにいった。

六時間目の後のHR《ホームルーム》が終わると、奈穂《なほ》は急いで教室を出ていった。これからは毎日練習があるらしい。きょうは、晴香《はるか》もバスケの練習があるので、帰りじたくをすませると、とりあえずホッとしながら、一人で廊下《ろうか》を歩いてた。と、すれ違《ちが》いざま、いきなりだった。

「おまえさ、いやなら、ことわれよ」

(えっ?)

びっくりして、ふり向くと、同じクラスの寺沢《てらさわ》くんだった。今まで一度も口をきいたこともない。誰《だれ》か、別の人にいったんだろうと、まわりを見まわしたけど、それらしい相手《あいて》はいない。

「ことわったら、あいつらとマズくなるなんて、心配してんのかよ?」

今度はまっすぐ、わたしの顔をにらむようにしていった。

「それとも、口じゃ、遠慮《えんりょ》っぽいこといってても、ほんとは陸上の超《ちょう》モテモテ男のセンパイとつきあいたいって思ってんのかよ?」

「ど、どうして、そんなこと……」

あわてて、いい返そうとした時は、もう背中を向けて何メートルも先を歩いてた。

寺沢《てらさわ》くんは、ひとつ列をはさんだ、ななめ後ろのほうで、わりと席が近い。山下小からきた男の子達から「テラ」ってよばれてて、ふだんは田中《たなか》くんや大塚《おおつか》くんといった、おチョーシもんの連中《れんちゅう》と、休み時間、よくふざけたり、騒《さわ》いだりしている。童顔《どうがん》で、ニコッと笑うと、ちょっと幼《おさな》いくらいの感じになる。けど、気分にムラがあるらしく、急にムスッとだまりこんで、一人で何か考えてる時がある。入学して、何日目だったか、田中《たなか》くんがいつもの調子《ちょうし》で、ふざけてしつこくまとわりついた。と、

「やめろよ！」

とつぜん、大声で怒鳴《どな》ると、乱暴《らんぼう》につきとばして、教室を出ていった。そのあまりのけんまくに、まわりが一瞬《いっしゅん》、こおりついた。

「どうしたんだよ、あいつ……」

田中《たなか》くんもわけがわからないようすで、ただぼうぜんとしてた。何分かたって戻《もど》ってきた時は、もういつもの調子《ちょうし》で、「やべえやべえ。もうちょっとで、もれそうだった」なんてヘラヘラ笑って、その後はなにごともなかったように、またまわりの連中《れんちゅう》としゃべり出した。

でも、それ以来《いらい》、田中《たなか》くんは前みたいに、ふざけて寺沢《てらさわ》くんに抱《だ》きついたりしなく

なった――気がする。見かけによらず、ちょっとこわい人だなと、わたしもなるべく近づかないようにしてた。時どき、何かの拍子《ひょうし》で、チラッと目があったりすると、あわててそらした。

そんな寺沢《てらさわ》くんのことを、くわしく知ったのは、つい三日前――そう、晴香《はるか》達に、好きな男の子のことで、わあわあいわれた時だ。いつになく、何度も目があった。それも、にらむような感じだったから、

「わたし達がうるさくて、怒《おこ》ってるんじゃないかなあ」

トイレに行った時、晴香《はるか》達にいってみた。と、

「えーっ、寺沢《てらさわ》が？　自分だって、騒《さわ》いでるじゃん」「いいんだよ、気にしないで。あいつ、女嫌《おんなぎら》いだから」

いきなり、トゲのある言葉が返ってきて、びっくりした。

晴香《はるか》達の話によると、寺沢《てらさわ》くんは、去年の十月に山下小に転校してきたらしい。

「六年のそんな時期に引っ越してくる子なんて、めったにいないじゃん？」「パッと

見、ちょっとカッコいいし」「引っ越してくる前、お父さんの仕事で、しばらく外国に行ってたっていうし」「休みの日は、いつも親子で仲よく、公園でキャッチボールなんかしてるし」「お母さんも若くて、美人だし」「まるでドラマに出てくる家族みたいだって、最初は注目《ちゅうもく》の的《まと》だったんだよね」「特に女の子が集まると、あいつの話でもりあがって、私立の受験組の子なんて、すごい悔《くや》しがっちゃってさ」「そうそう、寺沢《てらさわ》くんがいるんなら、地元中《じもとちゅう》にすればよかったたって」

二人は先をあらそうように、口ぐちにいった。今のイメージからは想像《そうぞう》もつかない話にびっくりした。

「でもねえ」「あんな女嫌《おんなぎら》いで性格悪《せいかくわる》いんじゃ、どうしようもないよ」

二人は急に顔をしかめて、はきすてるようにいった。

「えっ、どういうこと？」

チラッと晴香《はるか》の顔色《かおいろ》をうかがうようにしてから、奈穂《なほ》が思い切ったようにいった。

「バレンタインの時、何人もの子がチョコを渡そうとしたの。あ、わたしは違《ちが》うよ、江口《えぐち》くんがいるから……でも、絶対《ぜったい》受け取らなかったって。ね？」

「うん……頭にくるから、誰《だれ》にもいわないでね」

上目使《うわめづか》いにクギをさすように、念《ねん》をおしてから、

「じつは、あたしもクラスの友達といっしょに、家に渡しに行ったんだ」

口に出すのもいやそうに、晴香《はるか》が告白《こくはく》した。思わず、（えっ？）とさけびそうになるのを、あわててこらえた。

「そしたら、『こういうの、好きじゃないから』って、すごい冷たい態度《たいど》で、追い返されて……ほんと、ムカつく！」

その時のいかりが甦《よみがえ》ったのか、晴香《はるか》がドンッと床《ゆか》をけった。

「小学生のバレンタインなんて、半分遊びなんだから、ふつうことわったりしないでしょ？」

「とにかく、あいつのことなんか、ぜんぜん気にしないでいいから」

最後にそういって、教室に戻《もど》ると、二人は敵意《てきい》のこもった目で寺沢《てらさわ》くんをにらみつ

けた。

それからは、二度と目があわないように、絶対寺沢《ぜったいてらさわ》くんのほうを見ないようにしてた。

なのに、わたし達の話を全部聞いてたんだ……。どうして？　なんのカンケーもないのに……。女嫌《おんなぎら》いだから？　女の子が男の人のことで、キャアキャア騒《さわ》ぐのが気に入らないから？　でも、だったら、晴香《はるか》達のほうが、よっぽどうるさかったのに……なんで、わたしなの？


家に帰って、宿題をしてる間も、ベッドに入ってからも、寺沢《てらさわ》くんにいわれたことが、ずっと頭から離《はな》れなかった。廊下《ろうか》でいきなり声をかけられて——時間にしたら、ほんの何秒かのできごとだったと思う。その何秒かを、ビデオテープをまき戻《もど》すように、何度も何度も思い返した。

『おまえさ、いやなら、ことわれよ』『それとも、口では遠慮《えんりょ》っぽいこといってて、ほんとは陸上の超《ちょう》モテモテ男のセンパイとつきあいたいって思ってんのか？』

（……ひどい……なんで、あんないやないい方《かた》を……）

晴香《はるか》に聞いた話を思い出した。

『すごい冷たい態度《たいど》で追い返されて……』『半分遊びなんだから、ふつう、ことわったりしないでしょ？』

半分遊びなんていったけど、ほんとはドキドキしながら、チョコレートを渡しに行ったに違《ちが》いない。そんな女の子の気持ちを、ヘーキでキズつけるなんて……。廊下《ろうか》でわたしをにらんだ時の目。きっとあんな目で、晴香《はるか》達を追い返したんだ。

（寺沢《てらさわ》のやつ、許《ゆる》せない！）

思わず、ベッドの中で両手をギュッとにぎりしめた。わたしが男の子に対して、こんな気持ちになるなんて、初めてだった。

ハッと気がついたら、朝になっていた。目が覚《さ》めたとたん、寺沢《てらさわ》の顔が浮かんで、学校に行くのが、ひどく気が重かった。

なるべく目立たないよう、そうっと教室に入って、自分の席にすわった。と、待ってたように、

「ねえ、二十九日、なに着ていく？」

晴香《はるか》が話しかけてきた。

「差し入れ、持ってくる？」

奈穂《なほ》も横から、はずんだ声で聞いてきた。

「でも、いきなり手作りのお弁当は重すぎるから、さり気《げ》なく、コンビニで買ったお菓子《かし》くらいがいいよ。あ、岩城《いわき》センパイには、沙良《さら》がくること、内緒《ないしょ》にしとくから」

一日近づいた分、ますますはりきってるようすだった。もう完全にわたしが行くことに決めている。

ゆうべは寺沢《てらさわ》のことで頭がいっぱいで、返事をどうするか、考える余裕《よゆう》がなかった。

（こんなに熱心《ねっしん》にいってくれてるんだから、奈穂《なほ》の応援《おうえん》にならら、行きたいけど……）

また、うじうじ迷《まよ》ってると、ふっと誰《だれ》かの視線《しせん》を感じて、思わずふり向いた。と、いきなり寺沢《てらさわ》と目があって、ドキッとした。

(またずっと、話を聞いてたんだろうか？　わたしがなんて答えるか、おもしろがってるんだ)

ゆうべの怒《いか》りが、甦《よみがえ》ってきた。これから毎日、こんなことが続くと思うと、ゾッとした。

どうして、きのう、あんなことをいったのか──放課後《ほうかご》、思い切って、本人に確かめよう──と決心した。

けど、いざ授業が始まって、一時間目、二時間目……と過ぎるにつれ、やっぱり、そんなことできないと、気持ちがどんどんくじけそうになった。

(沙良《さら》、がんばれ)

そのたび、机の下で両手のこぶしをギュッとにぎって、自分をはげました。できそうにないけど、どうしてもやらなきゃならないこと──例えば、みんなの前で何かを発表する時とかに、昔からよくやってたことだった。

帰りのHR《ホームルーム》が終わるとすぐ、奈穂《なほ》は陸上の練習に向かった。それから少しして、わたしがまだ決心がつかないでいるうちに、寺沢《てらさわ》がとつぜん、「じゃあな」と田中《たなか》くん達に手をふって、教室を出ていった。そういえば、寺沢《てらさわ》もまだ部活に入ってないから、帰りは一人のことが多い。晴香《はるか》を見ると、田岡《たおか》さんと何かしゃべってる。一瞬《いっしゅん》、迷《まよ》ってから、急いでカバンをつかんで、教室を飛び出した。

寺沢《てらさわ》は一階におりる階段の手前を歩いてた。今、やめたら、もう二度とチャンスはない。急いで、かけよって、

「あ、あの……」

夢中《むちゅう》で呼《よ》びとめた。ほんとに声をかけるなんて、自分でも、びっくりした。心臓が口から飛び出しそうなほど、バクバク鳴っていた。

「え？」

寺沢《てらさわ》が足をとめて、ふり向いた。もう後《あと》もどりできない。両手をギュッとにぎって、

「わたしのこと……からかってるの？」

とぎれとぎれの小さな声だったけど、のどの奥《おく》から、必死《ひっし》にふりしぼっていった。

寺沢《てらさわ》は、ちょっと驚《おどろ》いたようにわたしを見た。それから、

「そう思うか？」

今度は、いどむような目つきで、まっすぐ見返してきた。男の子とこんなふうに一対一で向きあうなんて、初めてだった。思わず、目をそらせて、うつむいた。

「だったら、そうかもな」

寺沢《てらさわ》はフンと鼻で笑うようにいうと、さっさと行き過ぎようとした。

（このまま、行かせたら、だめだ）

「ちょっと、待って！」

気がついたら、さけんでた。「いいたいことがあるんなら、はっきりいって」

自分でも信じられないほど、きっぱりした声だった。寺沢《てらさわ》は一瞬《いっしゅん》ビクッとしたように足をとめて、ゆっくりとふり返った。そして、

「家、どっちだよ？」

ぜんぜんカンケーないことを聞いてきた。

「えっ？」

「とにかく、外出ようぜ」

いわれて、ハッと気がつくと、知ってる顔が何人も廊下《ろうか》を歩いてる。

（いけない……こんなとこ、晴香《はるか》や田岡《たおか》さんに見られたら……）

寺沢《てらさわ》をおしのけるようにして、階段をかけおりた。そして、昇降口《しょうこうぐち》でくつをはきかえると、奈穂《なほ》達がいるはずのグラウンドから、顔をそむけるように、一気に校門まで走った。

校門を出たところで、やっと立ちどまって、後ろをふり向くと、寺沢《てらさわ》がハアハア息《いき》を切らせながら、走ってきた。

「なんだよ。いきなり、走りだして……」

「だって、あんなに人がたくさんいるとこじゃ……」

「自分から、声かけたんだろっ。あー、つかれた」

まだ苦しそうにハアハアいいながら、

「家、どこだよ?」

またさっきと同じことを聞いてきた。

「榎町《えのきちょう》」

「榎町《えのきちょう》? あ、じゃあ、美しが丘公園のほう、まわって行くか?」

「まわって行くかって……」

(まさか、あんなとこまで、いっしょに……?)

びっくりして、とちゅうからは声にならなかった。

「おれに聞きたいこと、あったんじゃないのか?」

「あ、それは、まあ……」

寺沢《てらさわ》のようすが、いつもとぜんぜん違《ちが》う。なんだか、調子《ちょうし》がくるって、あたふたしてしまった。

「いやなら、別に、いいけど……ここだとまた、いろんなやつが通るだろ？　公園なら、この時間、イヌの散歩させてるじいちゃんぐらいしかいないからさ」

（……どうしよう）

せっかく勇気を出して、声をかけたんだから、本人がそういうんなら、ちゃんと話を聞きたかった。でも、男の子と二人で公園に行くなんて……しかも、学校の帰りに……。

ぐずぐず迷《まよ》ってる間に、また何人かが校門から出てきた。今にも晴香《はるか》が現《あらわ》れそうでドキドキした。

これ以上、ここにいるのはマズイ。覚悟《かくご》を決めて、うなずくと、

「じゃ、行こうぜ」

寺沢《てらさわ》はすぐに歩きだした。そして、校門から十メートルくらい先の、人通りの少ないうら道にサッと入っていった。わたしも急いで後を追った。これで晴香《はるか》達に見られる心配はなくなった、とホッとしながらも、これからどうなっちゃうんだろうと、今

度はそっちの不安が大きくなっていった。寺沢《てらさわ》は、かなりのスピードでどんどん歩いてく。その背中を必死《ひっし》に追いかけながら、

（わたしから、何か話しかけたほうがいいんだろうか？）

そう思った、ちょうどその時、

「こっちにくる前の、おれを見てるみたいで、気になるんだよ」

少しも歩調《ほちょう》を落とさず、まっすぐ前を見たまま、ブスッとした声で寺沢《てらさわ》がいった。

「無理《むり》すんなって、いいたくなるんだ」

「……別に、無理《むり》なんて……」

思いもかけない言葉に、ついあわてて、もごもごいうと、

「してないかよっ？」

ギロッとにらむようにふり向いた。

（そう、この目……だ。きのう、廊下《ろうか》でわたしをにらんだ時も……田中《たなか》くんを乱暴《らんぼう》につきとばした時も……教室で、とつぜんまわりを遮断《しゃだん》するように、一人でじっと何か

を考えてる時も……いつもとぜんぜん違《ちが》う、こんな目をする……）

『無理《むり》すんな』って、寺沢《てらさわ》がいったのは、たぶん晴香《はるか》達とのことだ。岩城《いわき》センパイのことで、勝手《かって》にわあわあ騒《さわ》がれて、わたしがちゃんといい返さないから……。

でも、ほんとはちょっと違《ちが》う。確かに最初は、好きな人、いないのかって、しつこく聞かれて……ママにも、あんなふうにたきつけられて……でも、初めてグラウンドでサッカーしてるのを見て、「いいな」って思ったのは、事実《じじつ》だから……。ただ、センパイがそんな有名人だって知らなくて、自分だけの秘密《ひみつ》にするつもりが、こんな大《おお》騒《さわ》ぎになって……それでちょっと困《こま》ってるだけだから……。

また黙《だま》って、ずんずん前を歩いてた寺沢《てらさわ》が、とつぜん立ち止まった。気がつくと、いつの間《ま》にか、公園の入り口にきていた。

一瞬《いっしゅん》、（どうする？）って顔で、こっちをふり向いたけど、わたしが何もいわないうちに、古びた石の門の間を通って、さっさと中に入っていった。広びろとした原っぱの真ん中に、大きなイチョウの木が三本並《なら》んで立っていて、その下に、ブランコとすべり台と、ベンチがある。

原っぱの向こうには、ひょうたん型の池がある。池のまわりの遊歩道《ゆうほどう》にそって、たくさんのアジサイが植えられていて、別名《べつめい》「アジサイ公園」って呼《よ》ばれてる。

(ここにくるの、久しぶりだなあ)

前は、澄《すみ》ちゃんとヨッコと、よく遊びにきた。三人とも、花や緑が大好きで、ピクニック気分でベンチにすわって、お菓子《かし》を食べたり、スケッチブックを持ってきて、絵をかいたり……。最後にきたのは、確か、そう、澄《すみ》ちゃんの合格発表の後。梅の花が咲いていた。

でも、もうずいぶん昔みたいで、あれからたった二か月半しかたってないなんて、うそみたい……。

「な？　イヌ連れたじいちゃん、いたろ？」

寺沢《てらさわ》の声に、ハッとわれに返ると、いつもヨッコ達とすわったベンチに、茶色のぼうしをかぶったおじいさんがすわってた。おじいさんの横に、ぼうしとおそろいみたいな茶色のイヌが、気持ちよさそうにねそべってる。

「こんちはっ」

寺沢《てらさわ》がペコッと頭をさげて、ベンチの前を通ると、

「おお、きょうはガールフレンドといっしょか」

おじいさんはひやかすようにいって、

「こんにちは」

にっこり、わたしに笑いかけた。

「あ、いえ、そんなんじゃ……」

あわてて、おじいさんの前を走り過ぎると、寺沢《てらさわ》がおかしそうにハハッと笑った。

それから、まっすぐ池まで歩いて、柵《さく》にもたれるようにして立った。わたしはちょっと迷《まよ》ってから、二メートルくらい離《はな》れた場所に立った。

おじいさんにあんなことをいわれたせいか、また誰《だれ》かに見られないかと、そわそわと落ち着かなかった。寺沢《てらさわ》は黙《だま》って池をながめてる。なんだか息《いき》がつまりそうになっ

て、自分でもわざとらしいと思いながら、

「きょうは、主《ぬし》と会えるかな？」

ぜんぜんカンケーないことを口にした。主《ぬし》というのは、体長が五十センチくらいある、この池で一番大きな鯉《こい》。今まで会えたのは、たった三回。それももう何年も前。あんまり姿《すがた》を見ないから、死んだんじゃないかってうわさが、何度も流れた。つい最近、玲奈《れな》のクラスの男の子が見たっていってたらしいけど……。

「おれ……ほんとは山口《やまぐち》って名前なんだ。山口亮介《やまぐちりょうすけ》」

寺沢《てらさわ》がとつぜん、ボソッといった。

「えっ？」

何をいってるのかわからない。思わずふり向いて、顔を見た。

「寺沢《てらさわ》っていうのは、おふくろが結婚《けっこん》する前の苗字《みょうじ》。いま、おふくろの弟の、オジキの家に居候《いそうろう》してるんだ。だから、寺沢《てらさわ》になってる」

うそやジョーダンで、まさか、こんなことというわけないだろうけど……あまりにとっぴょうしもない、というか、すぐには信じられない話だった。

「あ、あの、じゃあ……みんなが、あなたの両親って思ってるのは？」

半信半疑《はんしんはんぎ》で聞き返した。と、

「おふくろの弟夫婦《ふうふ》」

さらりと答えて、

「あ、あいつじゃないかな、主《ぬし》……」

急に柵《さく》から身を乗り出すように、池の中をのぞきこんだ。

（お母さんの、弟夫婦《ふうふ》……？）

でも、晴香《はるか》達からも、そんな話聞いてない。他の山下小の、誰《だれ》からも……。まだ完全には信じられず、寺沢《てらさわ》の顔をまじまじと見つめた。寺沢《てらさわ》はほんとに主《ぬし》を見たのかどうか、池の中をじっとのぞきこんだまま、長いこと、黙《だま》ってた。それから、とつぜん、ポツリポツリと話し始めた。

「おれのおやじ……頭ごなしになんでも、自分の考え、おしつけるタイプでさ……特に長男の、三コ上のアニキには、昔からめちゃめちゃきびしくて……」

寺沢《てらさわ》に、お兄さんがいるなんて初耳《はつみみ》だった。晴香《はるか》達の話から、三人家族の、一人っ子だって思ってた。もしかしたら、晴香《はるか》達も知らないのかもしれない。寺沢《てらさわ》は話すうちに、だんだん落ち着いた口調《くちょう》になってきた。

「男はまず体をきたえなきゃって、幼稚園《ようちえん》のころから、自分が昔やってた剣道《けんどう》習わせて……けど、アニキのやつ、ぜんぜんうまくならなくて……そしたら、今度はサッカー、つぎは野球……でも、どれも結局《けっきょく》、だめで……」

「寺《てら》……あ、山口《やまぐち》くん……は？」

「寺沢《てらさわ》でいいよ。おれもいちおう男だから、アニキと同じとこ、入れられたよ。運動《うんどう》神経《しんけい》だけは、おれのほうがちょっとよくて、剣道《けんどう》の試合に出たり、サッカーも四年でひかえの選手になった。けど、それって、アニキにとって、すげえいやだろ？　おやじも喜《よろこ》んでないのがわかったから、さっさとやめちまった」

目の前の池の水をにらむように見ながら、たんたんとした口調《くちょう》で話し続けた。

「ま、そんな調子《ちょうし》で、いろいろあって……アニキが中学に入ったら、運動はもういいから、今度はしっかり勉強しろって、それまでも塾通ってたけど、とつぜん超《ちょう》エリートの高校目ざす進学塾にかえさせて……」

「お兄さん、なんでも、お父さんのいう通りにするの？」

「そのころまではね。けど、そんなの、永久《えいきゅう》に続くわけないいんだよ」

いきなり、ペッとつばでも吐《は》きすてるようにいった。

「中一の終わりに、とつぜんキレた。理由は忘《わす》れたけど、どうせ塾の試験がどうだったとか、そんなことだろ。それまで、ろくに口答《くちごた》えもしなかったのが、おやじのいうことに、いちいちつっかかって……体も急にでかくなってたから、勝てると思ったのか、本気のなぐり合いも何度かあって……それこそ修羅場《しゅらば》だよ。おれ、四年だったけど、おふくろが二人の間で、おろおろ泣くの、見るのが、つらくて……ガキなりに、少しでも家ん中、平和にしようと思ったんだろな。なるべくもめごとが起きないようにって……気がついたら、いつもまわりの顔色《かおいろ》うかがって、ヘラヘラ笑うようなガキになっちまってた……」

寺沢《てらさわ》はくちびるのはしでふっと笑った。今の寺沢《てらさわ》からは、とても想像《そうぞう》できなかった。

「家ん中だけなら、よかったけど……そういう根性《こんじょう》って、たぶん心にも体にも、しみついちゃうんだろうな。五年になったころには、学校でも、ちょっとしたケンカにもビビるようになって……ジャイアンみたいな連中《れんちゅう》、敏感《びんかん》にかぎつけるからさ。こいつ、なにしても、へーキだぜって……教科書、マジックで真っ黒にぬりつぶされたり、給食のシチューにゴキブリの死骸《しがい》入れられたり……しょっちゅう、ひまつぶしのターゲットにされて……それでもヘラヘラ笑ってた」

（……ひどい……どうして……）

これ以上、聞くのがつらかった。けど、寺沢《てらさわ》は話すのをやめなかった。

「五年のバレンタインの時、朝、学校にいったら、下駄箱《げたばこ》に手紙が入ってた。表にハートマークがついてて、『渡したいものがあるので、午後四時に霧《きり》が丘《おか》公園の藤《ふじ》だなの下にきてください』って……今もはっきり文面覚《ぶんめんおぼ》えてるよ」

寺沢《てらさわ》はハハッと小さく声に出して、笑った。

「いたずらって、すぐわかったし、くだらねえことするって思ったけど、だまされたふりして行くことにした」

「……どうして？」

「向こうの気がおさまらないと、よけいメンドーなことになるからだよ。けど、指定《してい》された場所に行って、驚《おどろ》いた。西尾《にしお》って、前に同じ班になったことがあって、おれがちょっといいなって思ってた女の子が、待ってたんだ。後で考えたら、ほんとピエロだよな。でも、その時は、そいつがおれ見て、ニコッと笑った瞬間《しゅんかん》、ジャイアン——安田《やすだ》ってやつだけど、連中《れんちゅう》のことなんか、パアッと頭からふっとんで……いたずらじゃなかったんだって、夢中《むちゅう》でかけよって……そしたら……」

寺沢《てらさわ》は笑おうとした。けど、急にくちびるがはげしく震《ふる》えて、あわててうつむいた。

そして、しばらく、じっと歯をくいしばって、こみあげてくる感情を必死《ひっし》におさえてから、また顔をあげて話し始めた。

「そいつ……笑った顔のまま、『ばーか』っていったんだ。そばのしげみから、女の子達のクスクス笑いが聞こえて、安田《やすだ》と、とりまき連中《れんちゅう》が、ゲラゲラ笑いながら出てきて……それ見たとたん、おれ、頭真っ白になって……いきなり『うわあっ』って、安田《やすだ》に飛びかかった。気がついたら、四人がかりでボコボコにされてて……その後、どうやって、家に帰ったか、覚《おぼ》えてない。よろよろしながら、玄関《げんかん》の戸をあけて、おふくろがキャーッてさけんだまでは、覚《おぼ》えてるけど、そのまま気をうしなって……それっきり、つぎの日から学校に行かなくなった」

そこまで話すと、寺沢《てらさわ》はやっと安心したように口をとじた。風がサーッとふきぬけて、池の表面に小さなさざ波がたった。

(そんなことがあったから……晴香《はるか》達のチョコを受けとらなかった……いや、受けとれなかったんだ……)

胸《むね》の奥《おく》が、ナイフでも当てられたようにズキズキと痛《いた》かった。

「まあ、その後のことは、だいたい想像《そうぞう》がつくと思うけど……」

一番つらいできごとを話してしまったからだろうか？　何かがふっきれたような、カラッとした口調《くちょう》で、寺沢《てらさわ》はまた話し出した。

「学校に行かないなんて、おやじが許《ゆる》すわけないだろ？　今度はおれのことで、また家ん中がめちゃくちゃになって……おふくろ、もうどうしていいかわからなくて、助けをもとめたんだろな。何日かして、オジキが飛んできた。しばらくうちであずかるからって……。その時、こっから、電車でふたつ先の鶴見台《つるみだい》のマンションに住んでたんだ。おばちゃんも快《こころよ》くオーケイしてくれて――玄関《げんかん》で、まだ傷《きず》だらけだったおれの顔見たとたん、『かわいそうに』って、ぼろぼろ泣き出しちゃったけど……『今は何も考えないで、好きなだけ、休みなさい』って……。それこそ、最初の一週間は、メシとトイレ以外、こんこんと眠《ねむ》ってた。よくあんなに眠《ねむ》れたって思うよ。で、傷《きず》がなおってからは、休みごとにあちこち連れてってくれて……。オジキ夫婦《ふうふ》、子どもがいないから、小さい時も、よく遊園地とか、連れてってもらったんだ。その時みたいにさ」

寺沢《てらさわ》はちょっと照《て》れくさそうに、でも、すごくいい顔でニコッと笑った。

「外国に行ってたっていうのは？」

「うん、こういう時は、ふだんの生活から離《はな》れて、思いっきり気分転換《きぶんてんかん》するのがいいからって。オジキ、雑誌の編集《へんしゅう》の仕事してるんだけど、ちょうど、去年の夏から秋にかけて、ヨーロッパをあちこち取材《しゅざい》してまわることになってたから、それにくっついて……」

「わあ、いいなあ。ドイツとか、フランスとか？」

「そう……後は、イタリア、オランダ、デンマーク……で、十月の中ごろ、日本に帰ってきて……ちょうど、マンション売って、一戸建《いっこだ》てを買う予定だったから、どうせなら、おれがいる間にって、今の家に引っ越してきたんだ。学校は行きたくないなら、無理《むり》しなくていいっていわれたけど……」

寺沢《てらさわ》の口調《くちょう》が、また急に重くなった。

「アニキのことも気になってたし……いつまでも、おれだけわがましてられないから……」

「お兄さん、今、どうしてるの？」

思い切って聞いてみた。

「第一志望《だいいちしぼう》のとこじゃなかったけど、高校受かって、ちゃんと行ってる」

「そう、よかった……」

なんだか、すごくホッとした。

「うん……じつは、合格したって知らせがきて、このままこっちの中学に入るか、千《ち》葉《ば》に帰るか、すごい迷《まよ》ったんだ」

（寺沢《てらさわ》、千葉《ちば》に住んでたんだ……）

ヨッコのことをチラッと思い出した。

「その時、オジキから初めて聞いたんだけど……」

一瞬《いっしゅん》口をつぐんでから、決心したように先を続けた。

「オジキも去年、アニキのこと、すごい心配して、おふくろに何度も電話したり、本人にも、たまにこっちに遊びにこないかって、さそったりしたらしいんだ……そしたら……自分はもうだいじょうぶだから……亮介《りょうすけ》のこと、よろしくお願いしますって……」

声が震《ふる》えて、とつぜん、目から涙《なみだ》があふれた。

「亮介《りょうすけ》が、こんなことになったのは、自分の責任だから……あいつ、うらんでると思うけど、それバネにして、一生懸命《いっしょうけんめい》、受験勉強がんばるからって……。おれ……三コも年が違《ちが》って、小さいころから、ケンカも、勉強も、アニキに絶対《ぜったい》かなわなくて……。おやじも、アニキに期待《きたい》したからこそ、あんなにきびしかったんだ。おれなんか、いてもいなくても、どうでもよかったんだ。アニキのせいで、学校にも行けなくなったって……心の中で、ずっとにくんでた……けど、アニキがそんなこといったって聞いて……」

話してる最中《さいちゅう》、寺沢《てらさわ》は何度も声をつまらせた。けど、必死《ひっし》に気持ちをふるいたたせるように、先を続けた。

「……おれ、すごいショックで……どうしてわかんなかったんだろうって……あんなふうにおやじに期待《きたい》されて、アニキのほうが、よっぽどたいへんだったのに……おれだけ、勝手《かって》に逃《に》げ出して……それでも、おれのこと、責めないで……一人で、あの家に残って、おやじと闘《たたか》って………おふくろのそばについていたい、って気持ちが強かったんじゃないかって、オジキがいってた。でも、亮介《りょうすけ》がヘンに気にするといけないから、ちゃんと高校受かるまで、黙《だま》っててほしいって……」

「……すごい……」

思わず、声が出た。

（……うちとはぜんぜん事情《じじょう》が違《ちが》うけど……でも、わたしだったら、そんなふうに考えられただろうか……）

玲奈《れな》の顔がふっと浮かんだ。

「……うん、おれ、完全に負けたって思った。合格祝《いわ》いで、一年ぶりにオジキ達と家に帰って……夜、久しぶりに、ふとん並《なら》べて、アニキと寝たんだ。明るい間は、おたがい照《て》れくさくて、『おめでとう』『ああ』ぐらいで、ろくに目もあわせなかったけど……電気消したとたん、アニキが『悪かったな』って、ボソッといったんだ。『アニキのせいじゃない。おれが勝手《かって》に、うじうじいじけてただけだった。こっちこそ、ごめん』って……。今思えば、あたりまえのことだけど、おれに起こったことは、すべて、おれが引き起こしたこと。安田《やすだ》達とのことも、学校に行かなくなったことも……。だから、今は何かする時、『ほんとうにそうしたいのか？』って、自分の胸《むね》に聞くようにしてる。こんなふうに考えられるようになったのは、オジキ夫婦《ふうふ》が無条件《むじょうけん》で、おれを受け止めてくれたおかげだけどね」

寺沢《てらさわ》はそういうと、あらためて自分の言葉を確かめるように、うなずいた。

「いつか、家に帰るんでしょ？」

「いや、じつはまだ決めてないんだ。自分の家族ほっといて、のうのうと暮《く》らせないって思ってたけど……おれのことが安心になって、少し気持ちの余裕《よゆう》ができたのか、おふくろ、最近はアニキとおやじの間に入って、はっきり自分の意見いうようになったって。高校も第一志望《だいいちしぼう》じゃなかったから、レベルがどうのって、おやじがもんくいったたらしいけど、健介《けんすけ》が一生懸命《いっしょうけんめい》がんばったんだからって、おふくろがビシッといい返したって……。あの三人がうまくいくんなら、このままこっちに残って、オジキ達のほうとの息子になってもいいって思ってるんだ」

「えっ、そうなの？」

びっくりして、思わず顔を見返した。

「オジキ達には、まだ話してないけど……最近、『おやじ』『おふくろ』って呼《よ》ぶようにしたら、すげえうれしそうでさ。もしそうなったら、アニキとは戸籍上《こせきじょう》のいとこになるけど、それもおもしろいかなって。今まで楽させてもらったぶん、いつか倍にして借り返すっていったら、アテにしないで待ってるって、アニキ、笑ってた」

寺沢《てらさわ》は、今まで見たこともないような、晴れやかな顔でクスッと笑うと、真っ青な空を見あげて、気持ちよさそうにふうっと息《いき》をはいた。

おじさん達の息子になったら、お父さんとの関係は、どうなるんだろう？　きっとまだいろいろ問題が残ってて、すべてが解決《かいけつ》ってわけじゃないだろうけど、とりあえずはよかった——と、わたしもホッと胸《むね》をなでおろした。

（でも、なぜ、わたしにこんな話を……？）

何度も心に浮かんだ疑問《ぎもん》を思い切って口にした。

「……あの、でも、どうして、わたしにこんな話を？」

その瞬間《しゅんかん》、ハッとしたようにわたしを見て、

「あ、いや、カンケーないと思うんなら、いいんだよ、別に……おれが勝手《かって》にしゃべっただけだから」

あわてたようにもごもごいうと、

「ほんとは自分でも、よくわからないんだ」と、最後につけたした。

「えっ、どういうこと？」

寺沢《てらさわ》は困《こま》ったように、目をそらせた。それから、注意深《ちゅういぶか》く、言葉を選《えら》ぶようにしていった。

「……最初はこんな話するつもりじゃなかったんだ。青井《あおい》があいつらに、いいように

かまわれてるのが、なんだかすごく気になって……。けど、さっき廊下《ろうか》で、『いいたいことがあるんなら、はっきりいって』って、怒鳴《どな》ったろ？　青井《あおい》があんな声出すの、聞いたの初めてで……だから、あの時、決めたんだ。よしっ、おれのこと、話そうって……。でもまさか、こんなに何もかも、全部話すなんて……自分でも、びっくりした」

寺沢《てらさわ》は、ふいっと池の向こうの林に目を向けた。そして、しばらくじっとながめてから、

「おれ、こんなふうに誰《だれ》かに話せるまで、すげえ長い時間かかったんだ」

静かな、かみしめるような口調《くちょう》でいった。それから、パッとこっちに向き直って、

「サンキュ。青井《あおい》のおかげで、トラウマから解放《かいほう》されそうだよ」

いつも教室で見る、むじゃきな顔でニコッと笑った。

「そういえば、『青井《あおい》』って、口でいうと、苗字《みょうじ》じゃなくて、下の名前みたいだな。ほんとはなんだっけ？」

「沙良《さら》」

いつになく、自然にいえた。

「さら？」

「『さ』はサンズイに少ないって字。小さいつぶって意味だって」

いつか、パパが教えてくれた。

「『ら』は良い悪いの良いっていう字。この字の語源《ごげん》は、もともと穀物《こくもつ》をふるいにかけて、良いものを選《え》り分《わ》けるって意味だったんだって」

もう長いこと、忘《わす》れてたのに、スラスラ出てきて、自分でもびっくりした。

「へえ……小さい良いつぶか」

「意味なんて、あんまりカンケーないけどね」

よけいなことをぺらぺらしゃべったのが、急にはずかしくなって、あわてていいわけした。

「沙良《さら》……青井沙良《あおいさら》……青い空……なんちゃって……あ、ごめん。けど、いい響《ひび》きだな。なんかスキッとさわやかで……青井《あおい》に似合《にあ》ってるよ」

「えっ？」

「あ、いや、ハハッ、じゃな。気をつけて、帰れよ」

照《て》れくさそうに頭をかいて、いきなりパッとかけ出していった。

（うそっ！　まだちゃんと話が終わってないじゃない）

あわてて呼《よ》びとめようとしたけど、もう何メートルも先を走ってる。

きのう、廊下《ろうか》でとつぜん声をかけられた時と同じ。勝手《かって》にこんなところに連れてきて、自分のことだけ話して、さっさと帰っちゃって……。

遠ざかってく後《うし》ろ姿《すがた》に、もんくをいってると、さっき寺沢《てらさわ》がいった言葉が、急に鮮《せん》明《めい》に甦《よみがえ》ってきた。

（誰《だれ》かに話せるまで、すげえ長い時間かかったって……サンキュって、青井《あおい》のおかげって……えっ？　もしかして、今の話、まだ誰《だれ》にもしてなかったってこと？　わたしが初めてってこと？　でも、どうして、わたしなんかに……）

いくら考えても、答えは見つかりそうになかった。またあした、本人に会って確かめるしか……それまでの時間が、気の遠くなるほど長く感じられた。

「どうしたの？　ずいぶん、遅《おそ》かったじゃない」

玄関《げんかん》に入ったとたん、ママが心配そうに飛び出してきた。

「えっ？　ああ、帰りに友達と話してて……」

「なんだ、そうだったの？　なら、いいけど、朝もなんだかボーッとしてたから、学校で何かあったんじゃないかって……」

これ以上、ぐずぐずしてて、何かカンづかれたら、まずい。

「宿題、たくさんあるから」

わざと急いでるふりして目の前を通りぬけると、自分の部屋にかけこんだ。そして、カバンから英語の教科書とノートを出して、机の前にすわった。宿題なんてなかったけど、こうしていれば、ママが急に部屋に入ってきても安心だ。

（きょうのことは、ママには絶対《ぜったい》話せない）

あらためて、自分にいい聞かせた。そのとたん、

（でも、どうして、わたしなんだろう……？）

さっきの疑問《ぎもん》がまた、泡立《あわだ》つように胸《むね》の中に広がった。

入学してから、寺沢《てらさわ》のこと、ずっとふしぎに思ってた。まじめなのか、お調子《ちょうし》もんなのか、乱暴《らんぼう》なのか、優《やさ》しいのか……ふつう、三週間近くも同じ教室で過ごせば、だいたいどんなタイプの人間かが、わかる。でも、寺沢《てらさわ》はどこか、チグハグだった。けど、きょう、話を聞いて、バラバラだったパズルのピースが、すべてピタッとあわさった気がした。

きっと誰《だれ》でも、育った家庭の環境《かんきょう》に大きな影響《えいきょう》を受ける。寺沢《てらさわ》には、それがふたつあったんだ。ほんとの両親とお兄さんがいる家と、おじさん夫婦《ふうふ》と暮《く》らしてる今の家——。

そんなことがあるなんて、想像《そうぞう》もしなかった。

わたし、今まで、いろんなことを単純《たんじゅん》に考え過ぎてたのかもしれない。それも、自分の側からの一方的な見方《みかた》で……。

『アニキは悪くない。自分が勝手《かって》に、いじけてただけだって……』

（……もしかして、わたしも……？）

思わず、机の上で両手をギュッとにぎりしめた。けど、あわてて打ち消した。

（わたしは別に、いじけてなんか……それは、少しは玲奈《れな》のこと、うらやましがったかもしれないけど……下の子はずるい、何もしなくても、かわいがられて、不公平だって……）

親戚《しんせき》のおばちゃんや、近所の人達に、何度もいわれた。

「玲奈《れな》ちゃんは、ママ似《に》だから、大きくなったら、美人になるよ」「沙良《さら》ちゃんは、誰《だれ》に似《に》てるんだろう？　パパとも、ちょっと違《ちが》うし。どっちかの、おばあちゃんか、おじいちゃん？」

ママは美人。妹はママに似《に》てる。でも、わたしはぜんぜん似《に》てない。妹のほうが、みんなにかわいがられてる――ずっと、そう思い続けてきた。だから、おそろいの服を着るのが、いやだった。ママは女の姉妹《きょうだい》がいないから、友達のおそろいがうらやましかったって。でも、同じ服を着たら、よけい差が目立つ。わたしはパッとしない子だから、かわいい服なんて、似合《にあ》わないって……。

『そういう根性《こんじょう》って、心にも体にも、しみついちゃうんだろうな』

耳もとで、寺沢《てらさわ》の声が聞こえた気がした。

寺沢《てらさわ》はわたしの家族を知らない。わたしがママや妹にどんな感情を持ってるかなんて、話したこともない。なのに、三週間近く、同じ教室で過ごしてるうちに、自分と共通する何かを感じたんだろうか？　だから、わたしにあんな話を……？

胸《むね》の奥《おく》が、なんだかヒリヒリ痛《いた》かった。

「おねえちゃん、宿題終わった？　ごはんだよ」

玲奈《れな》がいつもより遠慮《えんりょ》がちに、ドアをノックした。


つぎの日、どんなふうに顔をあわせればいいのかわからなくて、ドキドキしながら教室に入った。寺沢《てらさわ》は、いつもと同じように田中《たなか》くん達と、ゆうべのテレビのことをにぎやかに話してた。

きのう、わたしにいいたいことを伝えて、気がすんだのかもしれない。休み時間、晴香《はるか》達としゃべってる間も、一度もわたしのほうを見なかった。

（そっか。そうだよね……別に、わたしに興味《きょうみ》があったわけじゃなくて、せっかく新しい生活を始めたのに、昔の自分を思い出させるような人間がいたから……それを見るのが、いやだっただけだよね……）

そう思うと、なんだか無性《むしょう》にさみしかった。もう終わったことなのに、わたし、何を期待《きたい》してたんだろう？　ほんと、バカみたい。

思わず、涙《なみだ》がでそうになった。と、その時、

『こんなふうに誰《だれ》かに話せるまでに、すげえ長い時間かかったんだ』

とつぜん耳もとで、寺沢《てらさわ》の声が聞こえたような気がした。

ハッとして、ふり向いた。けど、やっぱり、わたしのほうなんか見てなかった。でも、田中《たなか》くん達と楽しそうに笑ってる——その笑顔《えがお》が、心なしか、きのうまでより、

ずっと輝《かがや》いているように見えた。
『サンキュ。青井《あおい》のおかげで、トフウマから解放《かいほう》されそうだよ』
どうして、気がつかなかったんだろう？
こんな大切なものをもらったのに……。もし、わたしに何かができたのだとしたら、
それ以上うれしいことはないのに……。

昼休み、勇気を出して、二十九日の競技会《きょうぎかい》に行くのをことわった。

「えーっ、なんでえ？」

「ごめん。急につごうが悪くなって。でも、奈穂《なほ》の応援《おうえん》には、いつか絶対《ぜったい》行くから」

「あーあ、せっかく、うまくいきそうだったのに」

自分の応援《おうえん》より、岩城《いわき》センパイのことで、すごくガッカリしたみたいだった。

「ほんと、楽しみがへっちゃったよ」と晴香《はるか》もいった。

「えっ、楽しみ？」

「だって、もし、沙良《さら》が岩城《いわき》センパイとつきあうことになったら、すごいじゃん。陸上の女のセンパイ達、何人もねらってるんだよ。それをさしおいて、つぎの部長と副部長、二人とも、一年のあたし達でゲットしちゃったらさ」

（えーっ？　そんなことで、わたしをたきつけてたの？）

でも、彼女達を責める気にはならなかった。わたしも決めたから。きのう、寺沢《てらさわ》がいったように、これからは、自分がほんとうにしたいことを、していこうって――。

放課後《ほうかご》、校門を出たところで寺沢《てらさわ》を待ちぶせした。わたしがこんなことをするなんて、自分でも、びっくりだけど……。

「きのうはありがとう」

声をかけたとたん、寺沢《てらさわ》はキョトンとした顔で、わたしを見た。

「陸上の競技会《きょうぎかい》に行くの、思い切って、ことわったの」

「そっか……けど、ほんとによかったのか？」

「うん……岩城《いわき》センパイとつきあいたいんじゃないって、はっきり自分でわかったから……それにわたし、ほんとうに好きになれそうな人が見つかったの」

「ゲッ、なんだよ、それ？　青井《あおい》って、見かけによらず、いいかげんなんだな。本気《ほんき》で心配してソンしたよ」

（……心配して、くれてたんだ……）

急に心臓《しんぞう》がトクトク鳴り出した。

「あ、ち、違《ちが》うの」

あわててひらひら手をふって、ありったけの勇気をふりしぼっていった。

「その人、自分がつらかった時のこと、一生懸命《いっしょうけんめい》話してくれて……わたし、そんなの、生まれて初めてで……」

そこまでいったら、とつぜん涙《なみだ》があふれてきた。

「青井《あおい》……」

寺沢《てらさわ》はびっくりして、じっとわたしを見てる。

「だから……だから……」

でも、それ以上は無理《むり》だった。逃《に》げるように、バッと走り出した。

「おい、青井《あおい》、待てよ！」

後ろから、寺沢《てらさわ》の声が追ってきた。

（……お願い、今はこないで……）

走りながら、心の中で夢中《むちゅう》でさけんだ。

（あしたになったら、きっともっとちゃんといえると思うから……『寺沢《てらさわ》のおかげで、自分の名前が初めて、好きになりました。ありがとう。これからも、よろしく』って
……これがたぶん、わたしの初めての恋だと思うから……）

走って、走って、息《いき》が続かなくなるまで、走り続けて……。走れなくなったところで、立ちどまった。そして、きのう、寺沢《てらさわ》がしたように、真っ青な空を見あげて、ふうっと息《いき》をはいた。するとまた、新しい涙《なみだ》があふれてきた。なんで、泣くのかわからない。でも、後から後からあふれて、いつまでもとまらなかった。

なんだか、おかしくなってきた。おかしくて、うれしくて、まるで小さな子どものように、ぼろぼろ涙《なみだ》を流しながら、歩き続けた。

風速《ふうそく》一万メートル

「そういえば、涼《りょう》に聞いたんだけど、和馬《かずま》、そうとうヘコんでるらしいよ」

食べ終わったハンバーガーの包《つつ》みをくしゃくしゃにまるめて、メグが急に思い出したようにいった。

「そりゃ、ヘコむでしょ。クリスマスのディズニーランド・デート、ドタキャンされたんだから」

ポテトをかじりながら、結菜《ゆな》が責めるような視線《しせん》をチラッとわたしに向けた。

「それもさあ、美月《みづき》が行きたいっていって、一か月も前にチケット買ったんでしょ？　急におなか痛《いた》くなったんだから、しょうがないけど、あたしなら、無理《むり》して行ったかも。そんなひどかったの？」

「もしかして、アレ？」

メグが声をひそめて聞いた。

（……そっか、その手があったんだ……）

「あ、うん……予定くるって、一週間も早くきちゃって。ちょうど二日目で、一番ひどい日だったから。向こう行って、ずっとトイレのこと、気にするのも、いやだし……」

「そっかあ……じゃ、しょうがないね。けど、ほんと、運《うん》悪いよね」

結菜《ゆな》がやっと納得《なっとく》したように、うなずいた。

「でね、美月《みづき》の代わりに、涼《りょう》が行ったけど、クリスマスのディズニーランドなんて、まわり中カップルだらけで、中学生の男二人なんて、バカみたいだったって。どうせなら、チケット二枚《まい》とも、ゆずってくれれば、わたしが涼《りょう》と行けたのに……。けど、和馬《かずま》、どうしても、それだけはいやだったみたい。おまえらのために、チケット買ったわけじゃねえって。ま、気持ち、わかるけどね」

メグはクスッと笑って、肩《かた》をすくめた。

「えーっ、でも、ヨシくんから聞いたよ。『あいつら、三コも年齢《とし》ごまかして、ちゃっかり、二人連れの女子校生、ナンパして、楽しんできたみたいだ』って。『おれも行きたかったなあ』って、その日は、あたしとデートしてたんだよ。まったく！　だから、男はいやなんだよ」

「ゲッ、うそっ！　涼《りょう》、そんなこと、何もいってなかった。今度会ったら、問いつめなきゃ」

「ねえ、美月《みづき》はなんとも思わないの？」

二人の会話を、わたしは遠い気持ちでぼんやり聞いていた。と、
ブスッとした顔のまま、メグが聞いてきた。

「えっ、何を？」

「だから、和馬《かずま》がよその女の子と親しくなって、心配したり、やきもち焼《や》かないのかってこと」

「たぶん、焼《や》かないんだろね」

結菜《ゆな》がかわりに答えた。そして、

「美月《みづき》って、どうして、いつもそうクールでいられるんだろ」

ホーッと大げさなため息《いき》をついた。

「でも、だからだよね」と、メグがいった。

「和馬《かずま》、今までとぜんぜん違《ちが》うもん。あいつ、自分がルックスいいって知ってるし、実際《じっさい》モテるから、余裕《よゆう》で女の子がどんどん寄《よ》ってきて、いつも優位《ゆうい》にたってたじゃん」

「そうそう。あいつとつきあうと、いつ終わっちゃうか不安だって、前に誰《だれ》かがいってた。あたし、和馬《かずま》のこと、好きにならなくてよかった。ヨシくんで、よかったって、何度も思った」

「わたしも。けど、美月《みづき》は違《ちが》うんだよね。和馬《かずま》、今まで、デート、ドタキャンされるなんてありえなかったから。きっとものすごいショック受けて、どうしていいかわからないんじゃない？」

「かもね。かわいそうに……ああ見えて、中身《なかみ》は意外《いがい》と純情《じゅんじょう》っていうか、いいやつだから」

「そうだよね。そのへんの外身《そとみ》がいいだけの、ちゃらちゃらした男と違《ちが》って、友達のことも、本気《ほんき》で大事《だいじ》にするって、涼《りょう》もいってた」

(だから、困《こま》るんじゃない……)

思わず、心の中でつぶやいた。外見《がいけん》がいいだけの、ちゃらちゃらした男だったら、よかったのに……。和馬《かずま》と歩いてると、すれ違《ちが》う女の子達が、決まってうらやましそうにふり返る——そんな瞬間《しゅんかん》の、ちょっとくすぐったいような気分が好きだった。それなのに、クリスマスシーズンのディズニーランドに行ってみたいって、ほんの軽い気持ちでいったら、つぎの日、「チケット、買ったから」って、メールがきた。「イブはたぶん、みんなとパーティだから、二十六日に行こう」って——。想像《そうぞう》してたイメージと違《ちが》ったから、びっくりした。でも、あの時は行くつもりだった。行って、ちょっと大人気分で、思いっきり楽しんでくるつもりだった。

メグ達とは、二年になって、同じクラスになった。一学期の間も、席が近かったから、けっこう話はしてたけど、今みたいに特別親しくなったのは、九月の中ごろ、わたしが急に演劇部《えんげきぶ》に行かなくなってから——。それまでは、部活のある日も、ない日も、昼休みも放課後《ほうかご》も、ひまさえあれば、部室に入りびたりで、学校に通う目的の、全部とはいわないけど、かなりの比重《ひじゅう》をしめていた。

それがとつぜん、ポカッと時間があいた。メグは一年の秋までテニス、結菜《ゆな》は冬までバスケに入ってて、同じ「とちゅう挫折組《ざせつぐみ》」というのも、気が楽だった。おまけに三人とも、塾にも行ってないから、放課後《ほうかご》は完全にフリー。というわけで、急速《きゅうそく》に親しくなった。

和馬《かずま》達はとなりの田沼中《たぬまちゅう》。二人が駅前のコンビニで知りあって、半年くらい前から、いっしょに遊ぶようになったらしい。わたしはメグ達についてって、自然に和馬《かずま》とつきあうようになったと思ってたら、「美月《みづき》の写真見せたら、和馬《かずま》が気に入って、連れてきて」っていったって。でも、それを聞いても、別にいやな気持ちはしなかった。なにより同じ中学じゃないのがよかったし、音楽の趣味《しゅみ》とか、テレビのお笑いのことか、けっこう話もあったし、髪形《かみがた》や服装《ふくそう》も、特にハデじゃなく、さり気《げ》なくおしゃれだし……。何をするでもない、ただみんなで集まって、ワイワイしゃべったり、カラオケに行ったりする――そんな雰囲気《ふんいき》が、なにより居心地《いごこち》がよかった。メグが涼《りょう》、結菜《ゆな》がヨシくん。和馬《かずま》は、わたしと会う直前《ちょくぜん》まで、同じ中学の女の子とつきあってたらしいけど、そんなことも、別にどうでもよかったし……。

こうして、学校の中でも、放課後《ほうかご》も、いつも三人で行動するようになって、とても便利《べんり》なことがあった。演劇部《えんげきぶ》の誰《だれ》かとバッタリ会っても、メグ達と夢中《むちゅう》でしゃべってて、気づかないふりができるのだ。

実は、わたしはまだ正式《せいしき》に演劇部《えんげきぶ》をやめてない。たぶんもう二度と戻《もど》るつもりはないのに……こんな中途半端《ちゅうとはんぱ》な状態《じょうたい》でいるから、いつまでも同じ部のメンバーに、後ろめたさのようなものを感じていなきゃならない。いいかげん、キッパリやめようと、何度思ったか……でも、そのたび、〈ほんとうに、それでいいのか?〉――心の奥《おく》にまっすぐ問いかけてくるような、あの目が浮かんできて、どうしても、ふんぎりがつかないでいる……。

「ね、美月《みづき》？」

「えっ、何？」

ハッとわれに返ると、

「何じゃないわよ。わたし達が真剣《しんけん》に心配してんのに、聞いてなかったの？」

メグにキロッとにらまれた。

「心配……？」

「やだ。和馬《かずま》のことでしょっ。あれから一度も美月《みづき》と連絡とってないって、涼《りょう》が心配してたから。長引くと、気まずくなるよって……そのこと、話してたんじゃない」

「美月《みづき》って、なに考えてるかわかんない時、あるよね」

「そうそう、わたし達といるのに、なんかボーッとして……」

「ごめん……」

わたしは、あわててあやまった。そして、心の中で、もう一度、（ほんとうに、ごめん）って……。

（わたし、和馬《かずま》にも、メグ達にも、うそついたの。おなかが痛《いた》くなったなんて、生理だなんて、全部、うそなの……）

だまりこんだわたしを見て、ちょっといい過ぎたと思ったのか、

「とにかく、なるべく早く連絡したほうがいいよ」

メグが急に優《やさ》しい声でいった。

「こういう時、向こうからは、しにくいと思うから。あっ、美月《みづき》、聞いてた？　和馬《かずま》、お正月の間、奈良《なら》のおじいちゃんちに行くっていってたらしいから、とりあえずメール入れてみなよ」

「うん、そうする」

わたしは素直《すなお》にコクッと、うなずいた。

（……ほんとうに、誰《だれ》かを好きになるって気持ちを、わたしはたぶん知っている。その相手《あいて》が和馬《かずま》じゃないってことも、とっくに気づいてる……。でも、これから先も、このグループで、メグ達とつきあってく以上、和馬《かずま》とも、今まで通り、うまくやって

いくのが一番いい……）

そう心に決めたから……。

今年は、二十四日のクリスマスイブが、二学期の終業式だった。朝の全校集会が終わって、教室に戻《もど》るとちゅう、ピロティで待ちぶせしてた友理《ゆり》につかまった。

友理《ゆり》とは一年の時同じクラスで、いっしょに演劇部《えんげきぶ》に入って以来《いらい》、ずっと親友《しんゆう》みたいな仲だった。わたしがとつぜん、部活に行かなくなるまで……。

「きょう、学校が終わってから、会えない？」

よほどの覚悟《かくご》を決めてきたのだろう。わたしの顔をまっすぐに見すえて、思いつめたような表情で聞いた。もう二か月近くも、口をきいてなかったのに……。

（今さら、どうして……？）

思わず、何かいいそうになるのを、必死《ひっし》にこらえて、

「用があるから」

そのままプイッと通り過ぎようとした。と、

「待って！」

急いで追いかけてきて、いきなり腕《うで》をつかむと、柱のかげにひっぱっていかれた。

そして、近くに誰《だれ》もいないのを注意深《ちゅういぶか》く確かめてから、声をひそめて聞いてきた。

「美月《みづき》のお父さん、ただの単身赴任《たんしんふにん》じゃないって……近いうちに離婚《りこん》することが決まってるって、ほんと？」

「誰《だれ》が、そんなことを……？」

びっくりして、あわてて腕《うで》をふりはらった。

「うちのクラスの前川《まえかわ》さんのお兄さん、美月《みづき》のお姉さんと、同じ高校だっていったでしょ？　そのお兄さんの友達が、最近、美月《みづき》のお姉さんと、つきあい始めたらしいの」

「おねえちゃんが……？」

四コ上の高三。学校と塾に行く以外、家では、ほとんど自分の部屋にこもりっきりで、ろくに話もしないから、そんな人がいるなんて、ぜんぜん知らなかった。

「それで、おうちのことも、いろいろ聞いてるみたいで……。おじさんのお酒が原因《げんいん》で、おばさん、何度も離婚《りこん》考えて……美月《みづき》達が学校出るまではって、ずっとがまんしてたけど、今度の転勤《てんきん》で決心したって……。でも、どうせ離《はな》れて暮《く》らすなら、急ぐ必要《ひつよう》はないから、今のうちに、少しでもお金ためておきたいって、パートの仕事始めたって……」

(そんなことまで、話したんだ……)

『絶対《ぜったい》、現役合格《げんえきごうかく》して、一人暮《ひとりぐ》らしするから』

キッパリ宣言《せんげん》した時の、おねえちゃんの顔が浮かんだ。でも、まさか、本気《ほんき》だなんて思わなかった。

(自分はもうすぐ家を出るから……後はどうなってもいいって、思ってるの? だから、うちのことを、そんな無責任《むせきにん》にペラペラと……ひどいよ。わたしは誰《だれ》にもいえず、ずっと一人で、がまんしてきたのに……)

完全にうらぎられたような、見すてられたようなショックを受けた。

「ね、ほんとなの？　美月《みづき》が、急に部活にこなくなったのも、それが原因《げんいん》？　どうして、何も話してくれなかったの？」

二か月間、たまってた思いを一気に爆発《ばくはつ》させたような勢《いきお》いに、何もいえず、黙《だま》ってると、

「……ごめん」

急に、ハッとしたように口をつぐんだ。それから、今度は少しゆっくりとした、静かな声で話し始めた。

「……でも、すごくショックで……美月《みづき》に直接聞けないから、どうしていいかわからなくて、トモに話したの。そしたら、ものすごく、怒《おこ》られて……。本人が何もいってないのに、他人《たにん》に聞いたことを、やたら口にするんじゃないって……。『誰《だれ》だよ、そいつ』って、すぐにでも、うちの教室に、怒鳴《どな》りこんできそうだったから……前川《まえかわ》さんは、わたしと美月《みづき》のことを心配して、教えてくれただけだから、面白半分《おもしろはんぶん》に他人《ひと》のうわさ話するような人じゃないからって、あわててとめたけど……演劇部《えんげきぶ》の連中《れんちゅう》にも、

誰《だれ》にもいうな。あいつから何かいってこないかぎり、美月《みづき》にも絶対《ぜったい》いうなって」

「キリュウが……そんなことを……？」

その名前を口にした瞬間《しゅんかん》、思わず声が震《ふる》えた。

本名《ほんみょう》、桐生智広《きりゅうともひろ》。同じ演劇部《えんげきぶ》の二年生。秋から、三年の後をついで、部長をしている。わたしがとつぜん部活に行けなくなった――そして、今も完全に縁《えん》を切れないでいる、たぶん最大の原因《げんいん》――。

わたしとは小学校が違《ちが》うけど、小四の時、友理《ゆり》と同じ団地の同じ棟《とう》に引っ越してきて、家族ぐるみのつきあいをしてるらしい。それで友理《ゆり》は今も、当時のまま、トモと呼《よ》んでいる。去年、入部したてのころ、「『トモ』『トモ』って、弟みてえ」って、みんなにからかわれて、友理《ゆり》も一度は変えようと努力したけど、「やっぱり、ヘン」って、いつの間《ま》にか、もとに戻《もど》ってしまった。

「……トモのいうことも、わかるけど……どんなに親しくても、そんな深刻《しんこく》な家族の問題を、かんたんに話せるもんじゃないって……でも、わたしには、やっぱり話してほしかったな」

つらそうにつぶやいたと思うと、

「だって、話してくれないと、何も力になれないでしょっ？」

とつぜん、キッと顔をあげて、

「トモのおばちゃんが、再婚《さいこん》するかもしれないって……」

今にも、泣きそうな声でいった。

「えっ、キリュウのお母さんが？　キリュウが、そういったの？」

思ってもなかった言葉に、ぼうぜんと友理《ゆり》の顔を見返した。

「ううん……二週間くらい前、パパとママが話してるの、ぐうぜん聞いちゃったの」

友理《ゆり》は首を横にふって、震《ふる》えるくちびるで、今までの経緯《けいい》を話し始めた。

「おばちゃん、トモには話したけど、弟のシンくんは、まだ小学生だし、これから、むつかしい年ごろになるから、ずいぶん、迷《まよ》ってるらしいって……。最初は、なんの話か、わからなかったの。でも、『若いんだから、チャンスがあるんなら、絶対《ぜったい》そうしたほうがいい』って、パパがいって……おばちゃんの再婚《さいこん》のことだって、わかって……。すぐには信じられなかったけど、ママが一人の時、くわしく聞こうとしたの。でも、まだはっきり決まったわけじゃないし、大人同士の話だからって。トモのほうから、何かいうまで、絶対黙《ぜったいだま》ってなさいって、何度もしつこく口止めされて……。もしかして、こんなことがあったから、美月《みづき》んちのことも、あんなムキになって、怒《おこ》ったのかもしれない……」

キリュウの家族のことは、演劇部《えんげきぶ》に入ってすぐ、友理《ゆり》が話してくれた。小四で引っ越してきた時はもう、お母さんと三コ下の弟の三人だったって。

「『昼間、仕事でいないので、ご迷惑《めいわく》をおかけすると思いますが、よろしくお願いします』って、ママにあいさつにきた時、わたしにも、『仲よくしてやってね』って……。それまで、お父さんがいない子なんて知らなかったから、初めは、ちょっと心配だったけど、トモも、シンくんも、ものすごく元気で、おもしろくて……あっという間《ま》に、みんなの人気者になっちゃったの。おばちゃんも、シャキシャキッとカッコよくて、お父さんがいないカゲなんて、ぜんぜんなくて……。家の中が明るいのは、トモのおかげだって、おばちゃん、いってるの。もし同《おな》い年《どし》だったら、絶対親友《ぜったいしんゆう》になりたいって。自分の息子のこと、そんなふうにいう母親なんて、いる？　でも、ほんとはおばちゃんが偉《えら》いんだって。一人で、あんないい子、二人も育てるなんて、すごいって、ママはいつもいってる」

友理《ゆり》から、その話を聞いて、正直《しょうじき》びっくりした。キリュウがあんまりバカみたいに元気だから——お父さんがいない家庭で育ったなんて、ほんとに信じられなかった。

たまたま、とうさんの単身赴任《たんしんふにん》と、離婚《りこん》の話を聞いた直後の、一学期の終わりごろ、部室でキリュウと二人だけになったことがあった。わたしは、とつぜん自分の身に起こったことを、どうしたらいいのかわからずにいた。確かに、それまでにも、いろいろゴタゴタはあった。でも、まさか、ほんとに離婚《りこん》だなんて、信じられなかった。信じたくもなかった。もちろん、誰《だれ》にも話すつもりもなかった。話したとたん、二度と消えない現実《げんじつ》になりそうで……。けど、ずっとかくし通したまま、ヘーキな顔で、みんなとつきあっていくなんて、できるんだろうか？

そんなことを、ついぐずぐず考えてると、

「どした？　元気ないな。試験、できなかったのか？」

キリュウが、まるで見当違《けんとうちが》いなことを聞いてきた。

「くよくよすんな。夏休みが、すぐそこまで来てるぞーっ」

いつも以上に、みょうにテンションが高いと思ったら、

「今年、かあちゃん、勤続《きんぞく》二十年のほうびに、リフレッシュ休暇《きゅうか》ってのを、もらえることになったんだ」

ものすごくうれしそうな顔でいった。

「そんで、なんと、八月に、まるまる二週間、家族で沖縄《おきなわ》旅行！　こんなの、初めてだから、弟なんか、めちゃめちゃ喜《よろこ》んで……観光案内《かんこうあんない》のパンフレット、ありったり並《なら》べて、ここがいい、あそこがいい。ここに泊《と》まって、フェリーで離島《りとう》行って……」

そこで初めて、わたしが黙《だま》ってるのに気づいて、自分だけ、はしゃいで悪いと思っ

たのか、

「美月《みづき》んちもどっか行く？」

　あわてて、聞いてきた。

（うちは、それどころじゃないの……）

　思わず、涙《なみだ》が出そうになったのをこらえて、

「キリュウのお母さん、そんなに長い間、働いて、子ども育てて、たいへんだったでしょうね」

　いってから、すぐに（しまった）と後悔《こうかい》した。けど、キリュウはなんでもないことのように、さらりといった。

「うん、でも、毎日、楽しそうに仕事行ってるよ。職場《しょくば》も、いい人ばかりで、いろいろ助けてくれるって……あれで、かなりのおっちょこちょいだから、よく二十年も、ぶじに勤《つと》まったと思うよ」

　ハハッと笑って、

「ま、感謝《かんしゃ》はしてるけどね。おれも、高校はさすがに私立は無理《むり》だから、公立受かるっきゃないけど、行ったら、バイトして、自分の使う分くらい、かせげるし……」

最後は、まじめな顔でいって、ニコッと笑った。その時、友理《ゆり》が前にいってた言葉を、ふっと思い出した。

『ああ見えて、おばちゃんもトモも、ほんとはいろいろ苦労あると思うよ』

考えてみれば、当たり前だ。キリュウだって、最初っから、お父さんがいなかったわけじゃない。

（どうして、いないんだろう？　亡《な》くなった話は聞いてないから、離婚《りこん》？　だとしたら、何歳《さい》の時？　どんな人だったか、キリュウは覚《おぼ》えてるんだろうか？）

急に、知りたくなった。でも、そんなこと、聞けるわけがない。そのうち、誰《だれ》かが部室に入ってきて、キリュウは「待ってました」とばかり、うれしそうにまた沖縄《おきなわ》旅行の話を始めた。

それから、一か月たった八月の終わり――とうさんは福岡《ふくおか》に行った。つぎの日から、かあさんは駅前のデパ地下にパートに行き始めた。月曜から土曜まで、ほとんど休みなしで、遅番《おそばん》の日は帰ってくるのが、夜の九時過ぎ。夕食はその日売れ残ったデパ地下のお総菜《そうざい》。なれない仕事で疲《つか》れるのか、休みの日は、たまった洗濯《せんたく》と、掃除機《そうじき》をサッとかけるぐらいで、後は一日、ふとんの中でグッタリして、学校のようすも何も聞かなくなった。おねえちゃんは、来春《らいしゅん》の大学受験に向けて、それまで以上に神経《しんけい》をピリピリさせて、必要《ひつよう》なこと以外、しゃべらなくなった。とうさんがいなくなったとたん、まるで「家族」という形が、バラバラにこわれちゃったみたい……。

学校から帰って、シーンとした部屋に一人でいると、いつも友理《ゆり》から聞いたキリュウの家のことが、頭に浮かんできた。そして、部室で沖縄《おきなわ》旅行の話をした時の、うれしそうな顔……。

二学期の最初の部活の日、キリュウはみんなへのお土産《みやげ》の、お菓子《かし》や写真をゴソッと持ってきて、沖縄《おきなわ》の海がどんなにきれいだったか、太陽がどんなにまぶしかったか、花の色がどんなにあざやかだったか、興奮《こうふん》したようすで、しゃべりまくった。ホテルから、一人で散歩に出たお母さんが、行方不明《ゆくえふめい》になって、大騒《おおさわ》ぎした話や、弟のシンくんが、膝《ひざ》ぐらいまでの浅瀬《あさせ》で、おぼれそうになった話や……みんな、ゲラゲラ笑って聞いた。

『家の中が明るいのは、トモのおかげって、おばちゃん、いってる。同《おな》い年《どし》なら、親《しん》友《ゆう》になりたいって……』

友理《ゆり》の言葉を思い出すたび、胸《むね》が苦しくなった。わたしは、キリュウみたいにはなれない。かあさんも、シャキシャキッとカッコいいお母さんとはぜんぜん違《ちが》って、毎日よれよれで、もう長いこと、笑い声なんて聞いてない。そんな暗い、さみしい思いばかりがつのって……最後はベッドにもぐりこんで、声を殺《ころ》して泣いた。でも、そんな状態で部室に行ったら、すぐにみんなに気づかれてしまうから、無理《むり》して、元気にふるまってた。

ちょうど、そのころ、十一月の初めの文化祭の準備が始まっていた。毎年、秋の公演は、何をやるか、戯曲《ぎきょく》を決めるまでは、三年生が中心になってリードしてくれるけど、受験シーズンが近づいてくるから、実際《じっさい》の練習は、ほとんど一年生と二年生だけになる。とうぜん、演出《えんしゅつ》も、メインのキャストも、自分達二年生。責任重大《せきにんじゅうだい》だけど、みんな、ものすごくはりきってた。

今までなら、わたしも人一倍《ひといちばい》燃《も》えてたはず。せまい部室で、顔つきあわせて、ああだこうだと真剣《しんけん》に意見をぶつけあう。そんな雰囲気《ふんいき》が、大好きだった。なのに、何をしてても、少しも気持ちが乗らなかった。

演劇《えんげき》は現実と違《ちが》う、つくりものの世界——そこが魅力《みりょく》だって、ずっと思ってた。けど、肝心《かんじん》の現実がこんな状態《じょうたい》の時に、つくりものの、うその世界なんて、なんの意味もない——部室に行くたび、空《むな》しい気持ちにおそわれた。けど、今、演劇《えんげき》をやめたら、わたしには何もない。一人ぼっちの部屋と、孤独《こどく》な時間しか……。

家に帰ると、部室のみんなが、泣きたいくらい恋しくなった。なのに、いざ部室に行くと、みんなの輪からスーッと心がはぐれてく……そんな毎日と闘《たたか》ってた。

いよいよ演出《えんしゅつ》やキャストを決める日になった。戯曲《ぎきょく》は、外国の民話をもとにした喜《き》劇《げき》だった。まず、キリュウが演出《えんしゅつ》と、横暴《おうぼう》な領主役《りょうしゅやく》をかねることになった。その領主《りょうしゅ》にたち向かう若者のリーダー・主役のベンに福田《ふくだ》くん、相手役《あいてやく》の村娘《むらむすめ》カラに、わたしの名前があがった。貧《まず》しいけど、太陽みたいに明るくて、ベンの一番の味方《みかた》であり、あわい恋心も持つ——という重要《じゅうよう》な役だった。領主《りょうしゅ》のまぬけな息子のドラに、一年生の木村《きむら》くん、ドラの姉で、カラを目の敵《かたき》にして、いじめるネネに友理《ゆり》……と、つぎつぎ順調《じゅんちょう》に決まっていった。大役《たいやく》だけど、魅力的《みりょくてき》なカラ——いつもなら、喜《よろこ》んで、挑戦《ちょうせん》したいと思ったに違《ちが》いない。

公演に向けて、キャストが決まると、本番までの間、部員同士、役の名前で呼《よ》びあうことになっている。練習の時だけじゃなく、日常の中でも、少しでも役に近づくため。すると、ふだんのんびりした人が、いつの間《ま》にかリーダーみたいに、みんなをひっぱってたり、逆に、テキパキした人が、おどおどした態度《たいど》になったり……ふしぎな現《げん》象《しょう》が起きてくる。

「わあっ、美月《みづき》をいじめる役なんて、すっごい楽しみ。前から、こういういやみな役、やってみたかったんだ」

友理《ゆり》がさっそくはしゃいだ声でいうと、

「地のままで、じゅうぶん、いけそうっすよね」

ドラ役の木村《きむら》くんが、にやにやしながら、つっこんで、

「こらっ、まぬけな弟のくせに、ねえさんになんてことというの」「ハハッ、さすが姉弟《きょうだい》、呼吸《こきゅう》ピッタリ！　キャスティング、大成功だな」「そういう福田《ふくだ》くんは、カッコいいベンを演《や》るには、かなりの改造《かいぞう》が必要《ひつよう》なんじゃない？　まず、そのボサボサの髪《かみ》、なんとかしなきゃあ」

みんな、いいたいことといいあって、急に部室がにぎやかになった。忙《いそが》しい稽古《けいこ》が始まる前の、一番楽しい時間——。でも、わたしはその中に入る気になれず、ポツンと横で聞いていた。こんな状態《じょうたい》で、公演までの二か月間、元気で明るいカラの役を演じ続けるなんて、できるだろうか……。と、その時、

「ほんと！　それじゃあ、あわい恋心なんて、とても無理《むり》よねえ、美月《みづき》？」

ケラケラ笑いながら、友理《ゆり》が急に話しかけてきた。その瞬間《しゅんかん》のことは、よく覚《おぼ》えていない。

「ごめん……やっぱ、できない……」

気がついた時にはいっていた。

「えっ、できないって、何が？」

キョトンとした顔で聞き返されて、一瞬《いっしゅん》、（どうしよう）とあせったけど、とっさに思いつくままのいいわけを始めた。

「とうさんが単身赴任《たんしんふにん》して、かあさんが、パートの仕事始めたっていったでしょ？」

そこまでは、友理《ゆり》にも、みんなにも話してあった。

「……よく考えたら、おねえちゃんも、来年大学受験だし……わたしが家のこと、いろいろやらなきゃならないから……忙《いそが》しくなって、部活にも、あまり出られなくなると思うし……今度の公演は、お休みしようかなって……」

そこまでいうつもりはなかったのに、しゃべってるうちに、どんどん自分を袋小路《ふくろこうじ》に追いこんでるような気分だった。

「えっ、でも、そんなこと、何もいってなかったじゃない」「そうよ。きょうになって、どうしてとつぜん……」

友理《ゆり》に続いて同じ二年の千秋《ちあき》も、あぜんとした顔で、わたしを見た。

「おばさんの仕事、休みもあるんだろ?」「そうだよ。美月《みづき》がこられない日は、他の場面、やればいいんだから」「どうしてもカラができないなら、もっと出番の少ない役に代わるとか……」

福田《ふくだ》くんや綾部《あやべ》達も、熱心《ねっしん》にいろいろいってくれた。もともと、本気で公演を休みたいなんて思ってたわけじゃない。みんなの気持ちがうれしかった。

(じゃあ、なんとか、がんばってみる)

そういおうとした時、

「無理《むり》いうの、やめようぜ。残念だけど、しょうがない」

ずっと黙《だま》ってたキリュウが、とつぜんピシッとした声でいった。そして、

「おれらも、がんばるから、おまえもがんばれな」

わたしの顔をまっすぐ見て、こわいほど真剣《しんけん》な目つきでいった。一瞬《いっしゅん》、すべてを見すかされた気がして、ドキッとした。でも、そんなはずはない。たぶん、ただの思い過ごしだと思うけど……。

それからキリュウは、わたしのことなど忘《わす》れたように、劇の相談の続きを始めた。それを合図《あいず》に、みんなもおしゃべりをやめて、机の上の台本《だいほん》に目を戻《もど》した。友理《ゆり》だけが心配そうな顔で、ずっとこっちを見てたけど、公演に参加しないと決まった以上、いつまでもそこにいてはいけない気がして、

「じゃ」

急いで立ちあがると、逃《に》げるように部室を飛び出した。その日の夜、

「わたしがカラをやることになったけど、ほんとにいいの？」

千秋《ちあき》から、泣きそうな声で電話がかかってきた。

「ありがとう。がんばってね」というと、「あくまで、美月《みづき》の代役《だいやく》だからね」と、何

度もしつこく念《ねん》をおした。

「放課後《ほうかご》が無理《むり》なら、昼休みだけでも、おいでよ」

友理《ゆり》も、廊下《ろうか》で会うたび、毎日のようにいった。「元気か？」「たまには顔出せよ」、他のみんなも、必ず声をかけてきた。でも、『おれらもがんばるから、おまえもがんばれな』——あの時のキリュウの目を思い出したら、のこのこと行けるわけがなかった。


そして、十月の終わりになって、いよいよ本番の日が近づいた。

「絶対《ぜったい》、観《み》にきてね」

友理《ゆり》に何度もいわれた。自分でも、行くつもりだった。実際《じっさい》、講堂《こうどう》の入り口までは行ったのだ。大きなプラタナスの木はちょうど紅葉《こうよう》のまっさかりだった。玄関《げんかん》を入ると、せまいロビーがあって、その右が演劇部《えんげきぶ》の部室、左がトイレ。正面の大きなドアを開けると、舞台《ぶたい》と客席あわせて、教室四つ分くらいの広さの劇場になっている。

久しぶりに入る講堂《こうどう》——緊張《きんちょう》と不安でドキドキしながら、ロビーをのぞくと、受付や案内係の一年生が、忙《いそが》しそうに走りまわってるのが見えた。お客さんに配る公演のチラシは、もう少しコピーしたほうがいいか、感想を書く紙とえんぴつは、ちゃんと用意したか、大きな荷物をあずかる場所には、誰《だれ》がつくか……そう、やるべきことは山ほどある。みんな、上気《じょうき》した顔で、生き生きして、ピンとはりつめた中にも、晴れやかな本番直前の空気——。ものすごく、なつかしかった。でも、その中に、自分はいない。とつぜん、いいようのないさみしさが襲《おそ》ってきた。と、その時、

「おうい、そろそろ、開場《かいじょう》の時間だぞっ！」

奥から、キリュウのさけび声が聞こえてきた。つぎの瞬間《しゅんかん》、急いでロビーを飛び出して、そのまま一気に校門の外まで走った。走りながら、舞台《ぶたい》との距離《きょり》がどんどん遠くなっていくのを感じた。そして、キリュウや、演劇部《えんげきぶ》のみんなとの距離《きょり》も……。

つぎの日の朝、校門の前で友理《ゆり》が待っていた。

「どうして、こなかったの？　美月《みづき》の分も、みんなで一生懸命《いっしょうけんめい》がんばったのに、その大事《だいじ》な本番も観《み》にこられないほど、忙《いそが》しかったの？」

ふだんは冷静《れいせい》な友理《ゆり》が、本気《ほんき》で怒《おこ》ってた。

「美月《みづき》、わたしにうそついてない？　最近、クラスの里田《さとだ》さん達と、放課後《ほうかご》もしょっちゅう遊んでるって聞いたけど……家の用事が忙《いそが》しいって、いったよね？　でも、ほんとは他に、何か理由があるんじゃないの？」

家の用事なんて、たまに買い物に行くだけで、後はなんにもしていない——ほんとは自分でも、こんなことになるなんて思ってなかった。キリュウにあんなふうにいわれたから、気楽《きらく》に戻《もど》れなかったのは事実《じじつ》だけど、それでも、しばらくしたら、きっとみんなに会いたくなって、「何か手伝うことある？」って、部室に顔を出すだろうって思ってた。何度も、そうしようと思った。でも、いざとなると、なかなか決心がつかなくて……そのうち、どんどん日にちがたって……。せめて本番だけは、行こうと思ったのに……。

「ねえ、ちゃんと答えてよっ」

友理《ゆり》が激《はげ》しい口調《くちょう》でつめよった。その瞬間《しゅんかん》、（ああ、もうだめなんだ）と絶望的《ぜつぼうてき》な

気持ちになって、

「理由なんて、別にない。ただやる気がなくなったから、やめただけ。あの人達と遊んでるほうが楽しいから。わかった？　わかったら、ほっといて！」

気がついたら、大声で怒鳴《どな》り返してた。そして、ぼうぜんとしてる友理《ゆり》をその場に残して、急いで校舎《こうしゃ》にかけこんだ。それからは、廊下《ろうか》で会っても、おたがい目もあわせない、絶交状態《ぜっこうじょうたい》が続いてた……。

「でね、トモが新入生歓迎会《かんげいかい》の劇の台本《だいほん》、書くことになったの」

友理《ゆり》がとつぜん、それまでとはガラッと違《ちが》う、明るい声でいった。

「前に話したでしょ？　わたし達の代《だい》になったら、自分達で脚本《きゃくほん》書いて、オリジナルやろうって。こないだから、みんなで相談始めたの」

（今さら、どうして、そんな話を、わたしに？　もうカンケーないから……）

いおうとして、思わず、なつかしさに心がゆれた。

「いろいろ意見が出たんだけど……美月《みづき》、アテ書《が》きって知ってた？」

今まで、あんなに深刻《しんこく》な話してたのが、うそみたいに、楽しそうに聞いてきた。

「プロの劇団《げきだん》なんかで、ある俳優《はいゆう》さんが演じることを前提《ぜんてい》に、その人の魅力《みりょく》や持《も》ち味《あじ》を、じゅうぶん発揮《はっき》できる登場人物や、ストーリーを作ること。で、どうせなら、どんな役をやりたいか、どんなストーリーがいいか、全員が希望を紙に書いて出すことにしたの。これ、みんなが書いてきたもののコピー」

そういうと、A《エー》4くらいの大きさの封筒《ふうとう》を、目の前にかざして見せた。

「ふふ、すごく、おもしろいよ。福田《ふくだ》くんは『ゴッドファーザー』みたいな暗黒街《あんこくがい》のボス、綾部《あやべ》はゲームの中に迷《まよ》いこむ話、千秋《ちあき》は未来の世界の男の子のロボット……みんな、なんとなく、納得《なっとく》って感じでしょ？　ホッシー（星《ほし》くん）と原《はら》くんは、裏方《うらかた》として、音楽や照明《しょうめい》で、思いっきり新しいチャレンジがしたいって……。わたしは学校が舞台《ぶたい》の話がいいと思ったけど、リアルなのはつまんないっていわれて、何か大きな事件《じけん》起こそうかなって、考え中……。こんなバラバラで、どんな話になるのかわからないけど、これをもとに、トモが冬休みの間に、イメージをふくらませて、だいたいの構想《こうそう》をまとめるって。でも、練習が始まってからも、みんなの意見を入れて、どんどん変えてくって……。美月《みづき》なら、どんなストーリーの、どんな役をやりたがるだろうって、みんなで話してたんだ」

『会ったこともない人間が書いたやつじゃ、つまらない。おれ達にしかできない劇をやろうぜ』

いつか、キリュウと話したことを思い出した。

『例えば、みんなが自分の役をやるんだ。美月《みづき》は、美月《みづき》。おれは、おれ』

『えーっ、それ、どういうこと⁉』

『美月《みづき》、自分のこと、どんな人間だと思う？』

『そうねえ……美人で、頭がよくて、繊細《せんさい》で……』

ついジョーダンをいったら、

『ずうずうしいんだよ』って、頭をコツンとたたかれた。

『でも、繊細《せんさい》っていうのは、あたってるかもな。あと、意外《いがい》と、こわがり。暗くなってから、一番最後に部室出るの、いやがるだろ』

『だって、一人になったとたん、何か出てきそうな気がするんだもん。じゃあ、キリュウは？　どんな人間だと思うのよ？』

『おれかあ？　そうだなあ……』

一瞬《いっしゅん》、宙《ちゅう》を見あげて、

『わかんね。自分のことって、案外《あんがい》わかんないもんなんだよな』

『なんだあ』

最後は、二人でアハハッと笑った。

「おっ、元気か？」「よっ、元気か？」

わたしが部室に行かなくなった後、キリュウは会うたび、同じ言葉をかけてきた。たった一言。でも、その一言に、たくさんの意味がこめられてたのを知っている。

「自分のするべきことを、ちゃんとやってるか？」「サボッてないか？」

ほんとは、そんなふうに、いってるんだってことを……。

キリュウは、いつもまっすぐ前を向いている。そして、勉強でも、演劇《えんげき》でも、自分のやりたいことを一生懸命《いっしょうけんめい》やっている。でも、わたしはキリュウみたいにはなれないから……。いっしょにいたら、つい泣いたり、わめいたりしちゃいそうで……だらしない心の奥《おく》を見すかされそうで……。だからたぶん、部活にも戻《もど》れなかったし、廊下《ろうか》でそんなふうに声をかけられるのも、だんだん苦痛《くつう》になってきた。特に、文化祭の公演を観《み》に行かなかった後は――。キリュウもとうぜん、わたしが家の用事なんかじゃなく、放課後《ほうかご》、メグ達と遊びまわってるのを知ってたはず……。向こうから近づいてくるのがわかると、サッと顔をそむけて、目があわないようにした。でも、そんなことしなくても、キリュウはとっくに、わたしに愛想《あいそ》をつかせて、声をかける気もなくしてたんだと思ってた。自分のことだけで頭がいっぱいで、まさかキリュウにも、そんなたいへんな問題が起きてたなんて、思いもしなかった……。

「ねえ、美月《みづき》、戻《もど》ってきてくれないかな？」

友理《ゆり》が急にまた真剣《しんけん》な表情でいった。

「トモ、いつも以上にはりきって、元気にやってるけど、おばちゃんのこと、なんでもないわけないもんね。いきなり、新しいお父さんができるなんて……わたし、どうしても信じられない。今まで、ずっと三人で、あんなに仲よく暮《く》らしてきたのに……でも、あれきり、ママも何も話してくれないから……もう、一人じゃ、どうしていいかわからなくて……」

つらそうにうつむいた――その姿《すがた》をぼんやり見てるうちに、

「友理《ゆり》、ほんとはキリュウが、好きなんじゃない？」

とつぜん、思ってもなかった言葉が、口から飛び出した。と、

「好きだよ」

意外《いがい》にも、友理《ゆり》はキッとした顔でいい返した。

「わたしのほうが、つきあい長いのに、どうしてって、頭にくるけど、でも、知ってるでしょ？　トモは美月《みづき》が好きなの」

「えっ、うそだよ、そんな……」

びっくりして、思わず息《いき》を飲みこんだ。けど、友理《ゆり》はニコッと笑って、静かに首を横にふると、いった。

「ずっと、そばで見てきたから、わかる。ああいう性格《せいかく》だから、あっけらかんとヘーキなふりしてるけど……秋の公演の時も、ほんとはどんなに美月《みづき》を引きとめたかったか……今も、どんなに戻《もど》ってほしいと思ってるか……。おばちゃんのことも、美月《みづき》になら、話すかもしれない。美月《みづき》がいたら、わたしもどんなに心強いかって……この二週間、ずっと考えてて……でも、なかなか声かけられなくて、とうとうきょうになっちゃったの。お願い、トモのために、戻《もど》ってきて。ううん、わたしのために……」

友理《ゆり》はそういって、じっとわたしの顔を見つめた。

「二月か、三月になったら、お姉さんの受験も終わるでしょ？　そしたら、少しは落ち着くでしょ？　またいっしょにやろうよ。とにかく、これ、読んでみて」

みんなの希望が入ってるという封筒《ふうとう》を渡《わた》そうとした。

文化祭の相談が始まる前に……もっと早く、友理《ゆり》やキリュウにすべてを打ち明けていたら……何もかもが違《ちが》ったかもしれない。

でも、今さら、悔《く》やんでも、もう遅《おそ》すぎる。夜には、和馬《かずま》達とのクリスマスパーティーが待ってたし、二日後には、ディズニーランドのデートの約束《やくそく》も……。

「ごめん……もう無理《むり》だよ」

封筒《ふうとう》をおし返して、ダッと走り出した。

「冬休みの間に考えといて！　みんな、待ってるから！」

背中を追ってくる友理《ゆり》の声に耳をふさぐようにして、急いで階段をかけあがった。


家に帰った後は、予定通り、メグ達と夜のパーティーの買い出しにいった。和馬《かずま》が「修《おさむ》センパイ」って呼《よ》んでる細川《ほそかわ》さん――高校中退《ちゅうたい》して、ビデオ屋で働いてる――がアパートを提供《ていきょう》してくれて、ケンタッキーのチキンや、コンビニのサンドイッチやお菓子《かし》、コーラやジュースも買いこんで、ヨシくんが家からこっそりシャンペン持ってきて……けっこう豪華《ごうか》なパーティーになった。

わたしは思いっきり楽しもうとした。友理《ゆり》から聞かされたキリュウのこと、すべて忘《わす》れて……。だって、今さら、どうしようもない。わたしがいる場所は、もうここにしかないんだから——何度もそう、心の中でくり返した。キリュウの顔が浮かぶたび、急いで、誰《だれ》かに話しかけたり、大声でジョーダンいって、笑ったり……。

その後、カラオケに行って、メグ達と連続《れんぞく》二時間、歌いまくった。そして、またおなかが空《す》いたから、修《おさむ》センパイの友達がバイトしてる店にラーメン食べに行って、「中学生はさっさと帰れ」って追い出されたのが、確か、十二時過ぎ……。別れぎわ、さんざメグ達にひやかされながら、

「あさってのこと、必ず連絡してね」

何度もしつこく、和馬《かずま》に念《ねん》をおしたのを覚《おぼ》えてる。

ところが、家に帰ると、思いもかけない事態《じたい》が待っていた。静かに玄関《げんかん》のカギを開けて、しのび足で、自分の部屋に入ろうとしたとたん、

「何時だと思ってるの！」

いきなり、かあさんが飛んできて、ものすごいけんまくで怒鳴《どな》った。

「中学生の女の子が、こんな時間まで、何やってたのっ！」

一瞬《いっしゅん》、何が起きたのか、わからなかった。

（ハア？）

思わず、顔を見返した。「何やってたの」って、もう何か月も、わたしが何やってるかなんて、知らなかったくせに……興味《きょうみ》もなかったくせに……。

「どうしたの？　急に、母親面《づら》して」

いったとたん、バシッと頬《ほほ》をたたかれた。

「いつから、そんな不良みたいな口をきくようになったの」

体がわなわな震《ふる》えてた。

「バッカみたい」

部屋に入ってバタンとドアをしめると、すぐにベッドにもぐりこんだ。

つぎの日、目を覚《さ》ましたのは、午後の一時だった。頭がボーッとして、体もひどくだるかった。

(そういえば、ゆうべ、かあさんにほっぺたをなぐられたんだっけ……。きのうは朝から、いろんなことがあり過ぎた……)

思い返してるうちに、とつぜん死ぬほど、おなかがすいてることに気がついた。ふらふらしながら起きあがって、着替《きが》えをすませると、コンビニに食べものを買いに行こうと、玄関《げんかん》を出た。北風がピュウピュウ吹いて、ものすごく寒かった。コンビニまで走って、カップめんと肉まんを買って、また走って帰ってきた。肉まんをかじりながら、お湯をわかして、カップめんを食べると、またベッドにもぐりこんだ。

『いつから、そんな不良みたいな口をきくようになったの』

かあさんのいった言葉を、ふっと思い出した。

(不良か……いっそ、ほんものの不良になっちゃおうかな)なんて考えたら、急におかしくなった。

（わたし、何やってるんだろう……）

学校のピロティで友理《ゆり》と話したのが、もうずいぶん前のことのような気がした。

『トモ、美月《みづき》が好きなんだよ』『美月《みづき》にならら、話すかもしれない……』

遠い夢の中で聞いたようなせりふを、ぼんやり思い出してるところに、和馬《かずま》から電話がかかってきた。

「あ、おれ……悪い。きのう、あれからセンパイんちで、朝まで遊んじゃって……今、起きたとこ。で、あしたのことなんだけど、八時には出たほうがいいと思うから……どこで待ち合わせる？　あ、じゃあ、また、朝、連絡するわ」

誰《だれ》かがそばにいるのを気にしてたのか、一方的にしゃべって、プツッと切れてしまった。その瞬間《しゅんかん》、なぜか、はっきり気持ちが決まった。

（あしたは、行けない……）

この先、どんなことになるかわからないけど、少なくとも今は、和馬《かずま》と二人でディズニーランドに行って、一日楽しく遊んでこられるような気分じゃないことだけは確かだった。夜中になるのを待って、和馬《かずま》のケータイにメールを入れた。

「ごめん。さっきから、おなかが痛《いた》くて、あした、ディズニーランド、無理《むり》みたい。ほんとにごめんね」

すぐに返信《へんしん》がくるかと、ドキドキしながら待ったけど、五分たっても、十分たっても、こなかった。(もう、寝《ね》ちゃったのかも)と思いながら、前の日からの疲《つか》れがドッと出て、いつの間《ま》にか眠《ねむ》ってしまった……。

大晦日《おおみそか》までの三日間も、結局《けっきょく》メグ達と過ごした。和馬《かずま》からは、あれ以来、連絡がなかった。メグ達ももう、しつこくは聞かなかった。最終的には、二人の問題だと思ってるみたい。それに、涼《りょう》は実家《じっか》の酒屋の手伝い、ヨシくんは風邪《かぜ》をひいて寝《ね》こんでるらしく、「たまには、女三人、気楽《きらく》でいいよ」なんて、半分はわたしに気をつかいながら、結菜《ゆな》は心配そうに時どきお見舞《みま》いのメールを送ってた。

「でも、涼《りょう》、偉《えら》いよね。暮《く》れは、忙《いそが》しいから、店の手伝いしないと、お年玉もらえないっていってたけど、わたしなんか、家にいたら、大掃除《おおそうじ》にこき使われるだけだから、さっさと逃《に》げてきちゃった」「あたしも。自分の部屋だけ、パパッとやって……」

メグも結菜《ゆな》も、出がけに親にさんざもんくをいわれたらしい。（去年までは、うちもそうだったなあ）と、聞いてて、ちょっと複雑《ふくざつ》な気持ちになった。

デパ地下の食料品売り場は、年末年始が一番のかき入《い》れ時《どき》だから、暮《く》れは大晦日《おおみそか》まで、新年も二日から仕事。従業員割引《じゅうぎょういんわりびき》で売り場のおせちを買って、元旦《がんたん》は一日寝《ね》て過ごすと、かあさんはいっている。去年まで、一週間もかけて大掃除《おおそうじ》したり、大晦日《おおみそか》は朝から台所に立ちっぱなしで、おせちを作ったりしてたのが、うそみたいだ。そんな状態《じょうたい》で、いつも以上に疲《つか》れてるせいか、例のパーティーの夜のことも、あれきり何もいわなかった。おねえちゃんは、いよいよ受験が目前にせまってきて、冬休みに入ってからは、塾に行く以外、食事もほとんどコンビニ弁当ですませて、ひたすら部屋にこもって猛勉強中《もうべんきょうちゅう》――友理《ゆり》がいってた同じ高校のカレシとは、会ってるかどうか知らないけど――それこそ暮《く》れも正月もないいって感じだ。

（そういえば、キリュウは、どうしてるだろう？）と、ふっと思い出した。確か、お母さんの会社は、一週間くらい、お休みがあったはず。今年のお正月は、家族三人で鎌倉《かまくら》の八幡宮《はちまんぐう》に初詣《はつもう》でに行ったたって話してた。

（そうだ！　初詣《はつもう》で……）

急に思いついて、

「お正月、どうする？　いっしょに初詣《はつもう》で行く？」

いきおいこんで、メグ達にいってみた。けど、

「ごめーん。うち、家族で温泉行くんだ」「うちも。親戚《しんせき》の家とか、行かなきゃなんないから。五日ぐらいまで、むり」

あっさり、ことわられてしまった。

（ああ、そうなんだ）

その時、初めて気がついた。みんな、ふだん、「ウザい」とか「いなくなればいいのに」とか、親のこと、ぼろくそいってても、ちゃんと〈家族〉やってんだ。和馬《かずま》もたぶん、

今ごろ、奈良《なら》のおじいちゃんちだし……。とつぜん、一人ぼっちになった気がした。

わたしがショボンとしたのを見て、

「美月《みづき》んちは、お父さん、九州から帰ってこないの？」と、メグが聞いた。

「あ、うん……今年は無理《むり》みたい」

「そっか。じゃ、温泉から帰ったら、電話するね」「わたしも、五日ぐらいには遊べると思うから」「じゃ、さすがに大晦日《おおみそか》はあまり遅《おそ》くなるとまずいから」

二人はいつもより早く、七時前にそわそわと帰っていった。ポツンと取り残されて、でも、家に帰ってもしょうがないから、買い物客でにぎわう暮《く》れの商店街を、一人でぶらぶらと歩きまわった。


元日《がんじつ》の朝は、いちおう家族三人顔をそろえて、形ばかりのお祝《いわ》いをした。テーブルの真ん中には、かあさんが社員割引《しゃいんわりびき》で買ってきた三段重《さんだんがさ》ねのおせちが並《なら》べてある。

「これ、有名な料亭《りょうてい》のなのよ。買うと、二万円もするのに、飛ぶように売れるの。わざわざ手間《てま》ひまかけて作ることないわねえ。なんだか、旅館にでも行ったようなぜいたくな気分じゃない？」

まるで自分を納得《なっとく》させるように、何度も「おいしい」とくり返した。確かに、見た目も豪華《ごうか》だし、味もおいしかった。でも、わたしはいつもの手作りのほうが好き。あまいものが苦手《にがて》なとうさんが、かあさんの作るきんとんだけは、大好きだった。とうさんの好物《こうぶつ》のこはだの泡漬《あわづ》けは今年はないんだ……そんなことばかり、つぎつぎ浮かんできた。でも、口には出さず、目の前の料理をもくもくと食べ続けた。そして、とうさんがいなくなるって、こういうことなんだって、改《あらた》めて思った。

食べ終わると、おねえちゃんはさっさと自分の部屋に引き上げた。かあさんは前日までの疲《つか》れが出たのか、お屠蘇《とそ》がわりの日本酒をおちょこに二、三杯《ばい》飲んだだけで真っ赤になって、そのままこたつに横になったと思ったら、すうすう寝息《ねいき》をたてて眠《ねむ》ってしまった。横でテレビを見るわけにもいかず、わたしも自分の部屋に引き上げた。

(今ごろ、とうさん、一人で何してるんだろう?)

ベッドに寝《ね》ころんで、ボケッと天井《てんじょう》をながめてたら、とつぜん涙《なみだ》が出てきた。

(ほんとに、このまま帰ってこないんだろうか?)

気がつくと、朝からずっととうさんのことを考えてた。

とうさんはわたしが小さい時から、毎晩遅《まいばんおそ》くまでお酒を飲んで、酔《よ》っぱらって帰ってきた。かあさんとのケンカの原因《げんいん》はいつもそれだった。休みの日に、どっか行く約《や》束《そく》をしても、二日酔《ふつかよ》いでだめになることが多かった。インフルエンザで家族全員が熱を出して、「きょうは早く帰ってきて」と頼《たの》んだ日も、静岡のおばあちゃんが入院して、お見舞《みま》いに行く予定だった前の晩も、結局帰《けっきょくかえ》りは真夜中――。そんなことが続いて、かあさんはとうとう、とうさんを全くアテにしなくなった。そして、お休みの日も、ほとんど三人だけで行動するようになった。

おねえちゃんはそんなとうさんが許《ゆる》せなかったみたいだけど、わたしは小さい時から、なぜかとうさんが好きだった。年に一、二度、四人そろって出かけたり、一日中いっしょにいられるお正月が、やっぱりうれしかった。酔《よ》っぱらってない時のとうさんは、優《やさ》しくて、おねえちゃんが小学校くらいまでは、みんなでいっしょにカルタやトランプをして遊んだ。

あれは何歳《さい》の時だったんだろう。かあさんが何かの用事でいなくて、とうさんに人形劇を観《み》に連れて行ってもらったことがある。ストーリーは忘《わす》れたけど、魔法使いや、王子様や、森の動物達がたくさん出てきて、すごくおもしろかった。帰りに食べたストロベリーパフェの味も、はっきり覚《おぼ》えてる。

「パフェ、おいしかったね」

何年か前に、わたしがその話をしたら、

「また、それ?」

おねえちゃんは、ひどくいやな顔をした。

「とうさんがどこかに連れてってくれたことなんて、一度きりじゃない。悪いけど、わたしは何も覚《おぼ》えてないわ。二度とその話をしないで!」

ピシャッといわれて、すごく悲しかった。

（おねえちゃん、ほんとうに、とうさんが嫌《きら》いなの？　大学に受かったら、ほんとうにこの家を出てっちゃうの？）

とつぜん、今まで感じたことのない不安が、こみあげてきた。

（とうさんも、ほんとうにこのまま帰ってこないの？　そしたら、かあさんと、二人きりになっちゃうの……？）

それ以上、考えるのがこわくなって、急いでベッドの上に起きあがった――そのとたん、キリュウの顔がパッと浮かんだ。

『おれも高校は私立は無理《むり》だから、絶対《ぜったい》公立に受かるっきゃないけど……』

部室で、お母さんの仕事のことを聞いた時、そういってた。もっとちゃんと聞けばよかった。いろんなこと、もっとたくさん話せばよかった。

（今からでも、間《ま》にあうだろうか……？）

胸《むね》の奥《おく》から、痛《いた》いような思いがつきあげてきた。

その時、とつぜん、ケータイの着メロが鳴り出した。

(今ごろ、だれだろう？　メグ？　結菜《ゆな》？　もしかして、和馬《かずま》？)

ドキドキしながら、手にとって見ると、友理《ゆり》からのメールだった。

「わたし達の年賀状《ねんがじょう》、読んでくれた？　クリスマスに、みんなで集まって書いたのを、朝一《あさいち》で、キリュウがチャリンコの特別便《とくべつびん》で、配達《はいたつ》したんだよ。いい返事、待ってるね』

(年賀状《ねんがじょう》……？)

そんなもののことは、すっかり忘《わす》れてた。そういえば、去年までは、元日《がんじつ》の朝届くのを、楽しみに待ってたっけ。とうさん宛《あて》のが一番多かったけど、かあさんにも、おねえちゃんにも、わたしにも、いとこや、友達から、たいてい二十枚《まい》ぐらいはきていた。友達同士、誰《だれ》のがかわいかったとか、後でくらべたりするから、一生懸命《いっしょうけんめい》デザイン考えて、モコモコシールやキラキラペン使って……。中学に入ってからは、メールがふえて、枚数《まいすう》はへったけど……でも、去年は……そうだ！　友理《ゆり》にも、キリュウにも、演劇部《えんげきぶ》全員に出したんだ……。

急いで部屋を飛び出して、玄関《げんかん》に走った。郵便受けには、とうさんがいなくなった分、去年までより、ずいぶん少ないけど、ちゃんと輪ゴムでとめた年賀状《ねんがじょう》のたばが入ってた。そして、特別便《とくべつびん》で配達《はいたつ》された、もうひとつのたばが……。

リビングに行くと、かあさんはまだこたつで眠《ねむ》ってた。テーブルの上で輪ゴムをはずして――とうさん宛《あて》のも何枚《なんまい》かあった――かあさん宛《あて》のと、おねえちゃん宛《あて》のを、そこに置《お》くと、自分のを持って、急いで部屋に戻《もど》った。

小学校の時、引っ越した田島《たじま》さんや森野《もりの》さん、いとこの真由《まゆ》ちゃんから、きていた。そして、ドキドキしながら、もうひとつの輪ゴムをはずした。一枚《まい》、二枚《まい》、三枚《まい》……全部で七枚《まい》。演劇部《えんげきぶ》の二年生全員だ。思わず、涙《なみだ》がこぼれそうになるのを、必死《ひっし》にこらえて、震《ふる》える手で、一枚《まい》一枚《まい》、見ていった。

「美月《みづき》に、伝えたかったことは、全部伝えたから。信じて、待ってるから」

友理《ゆり》のには、そんなメッセージと、女の子が二人並《なら》んで笑ってるイラストが、描《か》いてあった。

「おうい、戻《もど》ってこーい。みんな、待ってるぞーっ」

山の上で両手をふって、さけんでるのは綾部《あやべ》。

「秋は残念だったけど、今度は、いっしょの舞台《ぶたい》に立とうな」

ニコニコマークみたいなのが八個描《か》いてあるのは、福田《ふくだ》くん。

「カラの役、やっぱり美月《みづき》にやってほしかった。新歓公演《しんかんこうえん》はぜったいぜったいぜったい、いっしょにやろうね」

（千秋《ちあき》……）

「今年はまた、いっしょに輝《かがや》こうぜ」

ホッシーのには、トレードマークの星の横に、わたしらしい月の絵が描《か》いてある。

「去年の約束《やくそく》、覚《おぼ》えてますか？　今度の新歓《しんかん》は最高のものをつくって、つぎにバトンを渡《わた》しましょう」

カチッとした、いかにもまじめな字は原《はら》くん。

それぞれ、心のこもったメッセージやイラストに、一人一人の顔が浮かんで、何度も泣きそうになった。

　そして、最後にキリュウ――。差し出し人の名前には、大きな太い字で、「輝竜」と書いてある。

「将来《しょうらい》、有名になったら、サインがいるから、小学校の時、考えたんだ。カッコいいだろ？」

　入部してすぐ、みんなにじまんそうに見せて、試験や、正式《せいしき》な書類以外、いつもこの字を使ってる。裏《うら》を返すと、年賀状《ねんがじょう》とは思えないほど、細《こま》かな字がびっしり書きこんであった。

あけまして　おめでとう

その後、お元気ですか？　おれはまあまあ元気です。

ところで、今、きみは何になる前ですか？

おれはあいかわらず、ゼペットじいさんの部屋のすみに転《ころ》がってる丸太《まるた》んぼうの状態《じょうたい》です。時どきあせって、「おおい、早く彫《ほ》ってくれよー」って大声でわめいたり、まあ、そんな急ぐことないかって、のんびり昼寝したりしています。

友理《ゆり》に聞いたと思うけど、新歓《しんかん》の劇、本気《ほんき》で燃《も》えてます。

『何かを探《さが》してる仲間達が出会って、いっしょに冒険の旅をする』

というストーリーにするつもりです。

どうしても、いっしょにやりたい。

待ってます。

『きみは今、何になる前ですか?』

「きみは今、何になる前ですか?」

思わず声に出して読んだら、こらえてた涙《なみだ》がとつぜんあふれてきた。急いでティッシュでふきながら、

『ぼくは、あいかわらず、ゼペットじいさんの部屋のすみに転《ころ》がってる丸太《まるた》んぼうの状態《じょうたい》です……』

その何行かの文章を、何度も何度も読み返した。


友理《ゆり》にさそわれて、初めて演劇部《えんげきぶ》の部室に行った時のことは、はっきり覚《おぼ》えてる。わたしが最初に、舞台《ぶたい》に興味《きょうみ》を持ったのは、幼稚園《ようちえん》の時。ふだんは、はずかしがりやだったのに、お遊戯会《ゆうぎかい》の時、急に自分からやりたいっていい出して、先生もかあさんもびっくりしたという話を何度も聞かされた。どうして、そうなったかはわからないけど、確か、黄色いチョウチョの役で、ひらひらの衣装《いしょう》を着て、舞台《ぶたい》の上で歌った

り、踊《おど》ったりするのが、ドキドキするほど楽しかったのを覚《おぼ》えてる。

小学校の学習発表会は、たいてい、せりふの少ない脇役《わきやく》だったけど、それでもすごく楽しかった。ふだんの自分と違《ちが》うものになれるからだと思った。中学に入って、演《えん》劇部《げきぶ》があるのを知った。新入生歓迎会《しんにゅうせいかんげいかい》の劇《げき》を見て、マイクも使ってないのに、声がよく通って、衣装《いしょう》もセットも、小学校の時とは、くらべものにならないくらい、本格的《ほんかくてき》なのにびっくりした。幕《まく》が閉まった後、思わず（すごいなあ）とボーッとしてると、

「おもしろかったね」

近くにいた同じクラスの女の子が、興奮《こうふん》したようすで話しかけてきた。

「あなたも好きなの？　わたし、演劇部《えんげきぶ》に入るつもりなんだけど、よかったら、いっしょに入らない？　知ってる男の子が入るっていってるけど、女の子の友達がいないと、なんか不安で……」

「わあ、よかった。わたしも、一人じゃ勇気なくて、どうしようって思ってたの。あ、わたし、下村美月《しもむらみづき》」

「わたし、近藤友理《こんどうゆり》。よろしく」

すぐに意気投合《いきとうごう》して、その日、帰りのHR《ホームルーム》が終わった後、さっそく二人で部室に向かった。と、中から、にぎやかな笑い声が聞こえてきて、

「あ、いるいる。ほらっ」

友理《ゆり》といっしょに、半開《はんびら》きのドアのすき間《ま》からのぞくと、舞台《ぶたい》で見た先輩《せんぱい》達にかこまれて、目のクリッとした元気そうな男の子がすわってた。それが、キリュウだった。

新入部員が決まって、実際《じっさい》の活動が始まって、しばらくは——毎年、そうなのだけど——発声《はっせい》練習の他に、体をつくるための、柔軟《じゅうなん》、腹筋《ふっきん》、ランニング……と、まるで運動部みたいなメニューが続く。そして、その後、詩や短いせりふの朗読《ろうどく》、イメージトレーニングのための連想《れんそう》ゲーム、あたえられた状況《じょうきょう》をパントマイムで表現する——例えば、道で百円玉を見つけて、誰《だれ》か見てないか確かめてから、ポケットに入れる——というような、演劇《えんげき》の基礎的《きそてき》な練習が始まる。

そんな中で、一番目立ってたのが、キリュウだった。友理《ゆり》に最初に聞いた通り、と

にかく元気で、声も大きい。いつもまわりとちょっと違《ちが》うことをして、みんなを笑わせた。

一か月くらいして、新入部員《しんにゅうぶいん》の練習の総《そう》しあげとして――これも、毎年恒例《こうれい》だけど――せりふなしで、何かを表現する、という課題《かだい》があたえられた。一人でもいいし、何人かで組んでもいい。何を表現するかは、まったくの自由。

わたしは友理《ゆり》と相談して、「二人とも、駅前で待ち合わせをしたけど、相手《あいて》がなかなかこないので、おたがいを意識《いしき》し始める。そのうち、友理《ゆり》の相手《あいて》が先にきて、勝ちほこったように去って行く」という場面をやった。ものすごく緊張《きんちょう》したけど、なんとか終わってホッとしたとたん、「誰《だれ》を待ってたの?」と先輩《せんぱい》に聞かれた。「そこまでは、考えてなかった」というと、「誰《だれ》でもない相手《あいて》を待つなんて、ありえないだろ」といわれた。(そっか。演技《えんぎ》って、見せかけだけじゃだめなんだ)って、その時、初めて知った。

そして、いよいよ注目《ちゅうもく》のキリュウの番になった。キリュウは「今まで、やった中で、一番得意《とくい》なものをやります」と、みんなの前に進み出た。何が始まるんだろうと、期《き》待《たい》して待ったけど、いつまでたっても「気をつけ」みたいな姿勢《しせい》で、その場に立ったまま。ふにゃふにゃしたり、時どき思い出したように、ピンと背すじをのばしたり……。

「えっ、もう始まってんの？」

先輩《せんぱい》が聞くと、にこにこしながら、うなずいた。そして、その後も一歩も動かず、両手をピタッとわきにつけたまま、あっち見たり、こっち見たり、目をつぶったり開けたり、くすくす笑い出しそうになったり……顔の表情だけを、くるくる変えた。

「あ、先生に怒《おこ》られて、立たされてるとこ？」「立ったまま、眠《ねむ》って、ねぼけてるとこ？」

みんなが何を聞いても、ニヤニヤ笑って首をふるだけ。そのうち、

「わかった！」

とつぜん、友理《ゆり》が大声でさけんだ。そして、

「あれでしょっ？　いつかおばちゃんに聞いた……」

くすくす笑いながら、みんなに説明した。

「幼稚園《ようちえん》のお遊戯会《ゆうぎかい》でね、主役のピノキオやるっていうから、おばちゃん、はりきって衣装《いしょう》作ったんですって。その日は特別仕事も休んで、観《み》にいって……けど、いざ劇《げき》が始まったら、ピノキオが六人もいて、しかも、トモはずっと舞台《ぶたい》のはじっこで、気をつけの姿勢《しせい》で立ったままで、せりふもひとつもなかったから、後で聞いたら、ゼペットじいさんが彫《ほ》ってくれる前のピノキオの役だったって……ね、それでしょ?」

「ピンポーン、あたりー」

「ゲーッ、なんだよ、それ」「そんなの、わかるかよっ」

みんな、ぶうぶうもんくをいって、先輩《せんぱい》達もゲラゲラ笑ったけど、わたしはなんだか、すごくカンドーした。自分も幼稚園《ようちえん》のお遊戯会《ゆうぎかい》で、黄色いチョウチョをやった時のことを思い出したせいかもしれない。舞台《ぶたい》のすみっこの、小さなキリュウの姿《すがた》が目に浮かぶようで……これから先のすてきな冒険を夢見て、ワクワクとはちきれそうな気持ちを、体いっぱいにつめこんで……。

その時、いつか、何かで読んだ話を思い出した。

「誰《だれ》だったか、忘《わす》れたけど、有名な彫刻家《ちょうこくか》が、大きな大理石《だいりせき》を前に、この中に閉じ込められてる女神《めがみ》を助けなきゃならないって、夢中《むちゅう》でノミをふるったって……」

「確か、ミケランジェロだよ」

「そうなの？　でも、美しい女神《めがみ》やピノキオが、前はただの大理石《だいりせき》や丸太《まるた》んぼうだったって考えたら、なんだかふしぎな気がする。やっぱり、そこにちゃんと命があって、生まれるのを待ってたんじゃないかって……」

「そうだな。きっとむずむずしながら、待ってたんだと思うよ。チョウになる前のイモ虫みたいに……。何かになる前って、いいよなあ。まだまだ、これからだぞーって感じで」

部活のとちゅうってことも忘《わす》れて、ついもりあがって話してると、

「うーん、何かになる前か……」

先輩《せんぱい》も急に感心《かんしん》したように、腕《うで》を組《く》んで、

「あ、カエルになる前」「春になる前」「大人になる前」……みんなも口ぐちに、ワイワイいい出した。それからしばらくの間、何か飲んだら、「あ、おしっこになる前」、何か食べたら、「あ、ウンチになる前」……部室に集まるたび、演劇部《えんげきぶ》にしか通じない、バカなことといって大騒《おおさわ》ぎした……。

気がついたら、窓《まど》の外に、雨がふりだしてた。

お正月に雨がふるなんて、めずらしい。元日《がんじつ》は確か、晴れの特異日《とくいび》だって、聞いたことがある。

まるで、内緒話《ないしょばなし》をするように、しとしとと……。雨の音って、ふしぎ。すごくさみしく、悲しく聞こえる時もあるのに、こんなに優《やさ》しく感じる時もあるんだ……。

みんなの年賀状《ねんがじょう》をもう一度読み返した。友理《ゆり》も、千秋《ちあき》も、福田《ふくだ》くんも、綾部《あやべ》も、ホッシーも、原《はら》くんも……そして、キリュウも……。ほんとにありがとう。雨の音と、みんなの思いが、とけあうように、シーンと心にしみこんでくるようだった。

誰《だれ》かに伝える言葉――その力の大きさを改《あらた》めて知った気がした。

（わたしも、そんな言葉を伝えたい）

いっしょにいなくても、離《はな》れていても、きっと伝わる思いがあるんだよね？とうさんの顔が浮かんだ。すごく、なつかしかった。

今度、思い切って、キリュウにお父さんのこと、聞いてみようかな？　そして、お母さんのことも……。それができたら、自分のことも、もっと正直《しょうじき》に話せる気がする。一番聞いてほしいのは、やっぱりキリュウだから……。ほんとは、ずっとわかってた。でも、こわくて、できなかった。もし、キリュウを傷《きず》つけたら……キリュウとの関係が決定的にこわれてしまいそうで……。でも、たぶん、だいじょうぶ。今なら、そう信じられた。

わたしも、とうさんのこと、このまま、うやむやにしないで、ちゃんとかあさんと話してみよう。だって、わたしは、とうさんとかあさんの娘《むすめ》だから……。とうさんへの、かあさんへの気持ちを、ちゃんと伝えたい。

もう、いっしょにやっていく気はないって、かあさんはいった。もとに戻《もど》るのは無《む》理《り》かもしれないけど、このまま黙《だま》って、何もしなかったら、きっといつか後悔《こうかい》すると思うから……。

（そうだ！　みんなに返事を書かなきゃ）と急に思いついた。そして、書いたら、あした、わたしもキリュウのところへ、特別便《とくべつびん》で配達《はいたつ》に行こう。

年賀《ねんが》ハガキはないから、いつか買ったまま、一度も使ってないバラの花の絵の便せんを使うことにした。まずは、キリュウへ――。

「キリュウ、忘《わす》れないでいてくれて、ありがとう。
あきらめないでいてくれて、ありがとう。
わたしは今、何になる前か、わかりません。
わたしにできることがあるかわからないけど、もし、まだ間《ま》にあうなら……」

そこまで書いて、手がとまった。その後に、続く言葉が見つからなかった。

（わたしは、何をしたいのだろう？）

でも、そうだ、あせらず、ゆっくり考えよう。ゼペットじいさんの部屋のすみに転《ころ》がってる丸太《まるた》んぼうのように……。

それより先に、どうしてもしなきゃならない大事《だいじ》なことがある。

〈ほんとうに、それでいいのか？〉

ずっと心にひっかかってた、あのキリュウの目を、今度こそ、まっすぐ見返して、自分の気持ちを伝えること。

「長い回り道だったけど、やっと帰ってこられました。ただいま」って――。

校庭の右のはずれに、古いプラタナスの木にかこまれるように、小さな講堂《こうどう》が建《た》っている。玄関《げんかん》を入ると、せまいロビーがあって、その右側《みぎがわ》が演劇部《えんげきぶ》の部室。左側《ひだりがわ》がトイレ。正面の大きなドアを開けると、舞台《ぶたい》と客席あわせて、教室四つ分くらいの広さの劇場《げきじょう》になっている。

ところどころ、けばが落ちて、はげかかったあずき色の緞帳《どんちょう》*、舞台《ぶたい》の天井《てんじょう》にコウモリみたいにぶらさがった照明器具《しょうめいきぐ》、屋根裏《やねうら》のちっぽけな楽屋《がくや》、壁一面《かべいちめん》に先輩達《せんぱい》が書き残していった落書《らくが》き。そのひとつひとつの文字までが、今、鮮《あざ》やかに浮かんでくる。

一年の時、初めて関わった秋の公演が終わった後、みんな、バカみたいに感動して……先輩《せんぱい》が差し入れてくれたコーラで乾杯《かんぱい》して、アルコールも入ってないのに、酔《よ》っぱらったみたいに真っ赤になって……帰り道、「これからもずっと続けていこうね」って、一年生だけで話した。夕ぐれの空に向かって、「お星さまにちかいまーす」なんて、キリュウが大声でさけんで、みんなでわあっと走り出して……。

(そうだ。飛行機……)

あのころ、いつも、プラタナスの木の間をぬって、一目散《いちもくさん》にかけてきた。両手を思いっきり広げて、「ブーン、ブーン」なんていいながら……。絶対《ぜったい》に歩いてくるなんてしなかった。体中にはじけるようなエネルギーをつめこんで、ほんとにそのまま空

*緞帳…芝居・劇場などで使う、巻きあげたり巻きおろしたりする幕のこと。

に舞《ま》いあがっちゃうんじゃないかと、わたしはいつも、キリュウが部室にちゃんとかけこんでくるまで、ドキドキしながら待っていた。

これから何かが始まろうとする瞬間《しゅんかん》の、身も心もはじけるような感覚《かんかく》――ずっと、忘《わす》れてた。

あれは確か、プラタナスの葉が散り始めてたから、公演が終わった直後の昼休み。キリュウを見つけた福田《ふくだ》くん達が、いっせいに部室を飛び出したと思ったら、

「高度《こうど》一万メートル、視界良好《しかいりょうこう》！」「前方右手《ぜんぽうみぎて》に山」「急旋回《きゅうせんかい》しまーす。キーン」

同じように両手を広げて、飛行機のまねをしながら、そこら中を走りまわった。すると、キリュウが、

「風速《ふうそく》一万メートル、視界《しかい》ゼロッ！」

とつぜん、ものすごい勢《いきお》いで、みんなに突進《とっしん》してきた。

「わあっ、こらっ、衝突《しょうとつ》するだろっ」「視界《しかい》ゼロなんて、飛行禁止だよっ」

逃《に》げまわるみんなを、楽しそうに追いかけながら、

「何いってんだよ。視界《しかい》ゼロだってなんだって、おれらの飛行機は、一度飛びたったら、目指《めざ》す空港に着陸《ちゃくりく》するまで、絶対《ぜったい》飛び続けなきゃならないんだ。ブーン、ブーン」

ますますめちゃくちゃに走りまわった。

『視界《しかい》ゼロだってなんだって、絶対《ぜったい》飛び続けなきゃならないんだ』……。

(「風速《ふうそく》一万メートル」——いいんじゃない？　劇《げき》のタイトル)

思わず、イスから立ちあがった。

(何かを探《さが》す仲間達が、それぞれの空港を目指して、世界中を飛びまわる……)

舞台《ぶたい》いっぱいに、両手を広げて走るみんなの姿《すがた》が目に浮かんだ。

「風速《ふうそく》一万メートル！　前方注意《ぜんぽうちゅうい》！」

わたしがさけぶと、右に左に大きく旋回《せんかい》しながら、キリュウの飛行機が近づいてくる。とちゅう、何度も強風にあおられたように、くるくる回りながら……。そして、

「乱気流《らんきりゅう》、ぶじ脱出《だっしゅつ》！　視界良好《しかいりょうこう》！　高度《こうど》、さげまーす。着陸準備《ちゃくりくじゅんび》にはいりまーす！

ブーン！」
まっすぐ、こっちに向かって、かけよってくる。

たくさんのお月さま

午後八時二十六分――もうすぐ、塾の授業が終わる。とうとう無断《むだん》でサボってしまった。こういう時、家に連絡が入ったりするんだろうか？

どうでもいいと思いながら、さっきから何度もケータイで時間をチェックしてる自分に腹《はら》が立つ。

昼休み、給食を食べ終わったら、職員室《しょくいんしつ》にくるようにと、担任《たんにん》の神山《かみやま》先生にとつぜんいわれた。なんだろうと気になって、半分食べかけのまま、急いで行くと、となりの生徒指導室《せいとしどうしつ》に連れていかれた。テーブルをはさんで、向いあってすわって――あんな場所に行くのは、もちろん初めてだったから――ドキドキしながら待ってると、

「きのうの放課後《ほうかご》、お母さんが高校受験のことで相談に見えてね」

いきなり、思いもかけない話を切り出された。

（えっ、うそでしょ？）

きのう、帰ってからも、今朝《けさ》家を出る時も、そんなことは一言も聞いてなかった。

「ご両親は、できたら、お兄さんと同じように、私立への進学を望《のぞ》んでいること。本人は県立の南が丘を受験するといっているけど、もし県立でも、きみの実力なら、もっと上をねらえるんじゃないかということ。どちらにしろ、万一の場合を考えて、併願《へいがん》にしてほしいこと……」

どれも、ママがうるさく、わたしにいい続けてきたことだ。

(何が、ご両親よ！)

腹《はら》が煮《に》えくりかえるって、こういうことをいうんだって、初めて経験した。自分で説得《せっとく》できないからって、先生に頼《たの》むなんて……。でも、まあ、ママなら、じゅうぶんありえる。それより、もっと驚《おどろ》いたのは、その後の先生の言葉だ。

「ぼくも、お母さんに賛成《さんせい》だ」

まっすぐにわたしの目を見て、きっぱりといった。

「昔からよくいわれてることだけど、人間は自分にあった環境《かんきょう》で、よりよく育つと思うから」

「自分にあった環境《かんきょう》って、どういう意味？」

思わず、われを忘《わす》れて、つめよった。

「成績とか、内申《ないしん》？　わたしにどんな環境《かんきょう》があうかなんて、先生や親にわかるの？　自分が行きたい高校を、自分で選《えら》んで、何が悪いの？」

するど、先生はさらに信じられない言葉を口にした。

「まあまあ、落ち着いて。きみのいいたいことも、わからないでもないけど……きみは、まだ十五歳《さい》だよね。少なくとも、お母さんもぼくも、きみの何倍も人生の経験を積《つ》んでいる。そんな先輩《せんぱい》の意見を頭ごなしに否定《ひてい》しないで、もっと素直《すなお》に耳をかたむけても、いいんじゃないか？　今の十五歳《さい》のきみの判断《はんだん》より、大人の判断《はんだん》のほうが正しかったって、後できっと、そう思える時がくるから」

おだやかだけど、うむをいわせぬ口調《くちょう》だった。

「これは、きみの将来《しょうらい》を考えてのことだ。今度の中間テストの成績で、内申《ないしん》が出るから、その後の三者面談《さんしゃめんだん》で最終的な志望校《しぼうこう》が決まる。それまでに、親子でよく話し合っておいてほしい。わかったな？」

とちゅうからはもう、まともに聞く気になれなかった。

神山《かみやま》先生──通称《つうしょう》カミさんは今まで、学校の成績より、生徒の気持ちや、人間性を大事《だいじ》にしてくれる、いい先生だと思ってた。

国語のメダカ（「日高」の「日」に誰《だれ》かが横棒《よこぼう》を一本書きたした）みたいに、何かあると、すぐ大声で怒鳴《どな》ったり、自分の考えを押しつけないで、わたし達のいい分をていねいに聞いてくれる。クラスでゴタゴタが起きた時も、納得《なっとく》できるまで、話し合いをさせてくれる。そして、決まったことは、全力で応援《おうえん》するからと、いつもいっている。

（なのに、どうして？　親とやりあうと、メンドーだから？　ふだんは理解あるようなこといってて、結局《けっきょく》は、これが本音《ほんね》ってわけ？）

完全に、うらぎられた気分だった。けど、それ以上何もいう気になれず、黙《だま》ってソファーから立ちあがって部屋を出た。ほんとはそのまま学校を飛び出したかったけど、グッとがまんして、教室に戻《もど》った。それから午後の二時間の授業の間、ずっと先生の言葉とママの顔が頭から離《はな》れなかった。

帰りのHR《ホームルーム》の時も、わたしのようすを気にして、先生がチラチラこっちを見てるのがわかったけど、知らん顔して、窓《まど》の外をながめてた。

（あーっ、もう学校もいやだし、家にも帰りたくない……）

考えてたのは、そのことだけだった。HR《ホームルーム》が終わって、重苦《おもくる》しい気分で、のろのろ帰りじたくを始めて……その時、急に思いついて、紺《こん》ちゃんにかけよった。

「ねっ、お願い。ちょっと、つきあってくれない？　きょう、給食、半分しか食べなかったから、お腹《なか》すいちゃって。コンビニ寄《よ》って、パンかなんか買いたいなって」

「いいよ」

あんまり返事が早くて、びっくりした。まじめで、いつもは学校の帰りにコンビニに行ったりしないのに……。

「えっ、ほんとに、いいの？」

「塾があるけど、それまでなら」

「キャーッ、ありがと」

思わず、カンゲキして抱《だ》きついたら、

「大げさね」って、笑われてしまった。でも、それくらい、うれしかったから……。


学校の近くのコンビニで、わたしはピザパンとジンジャーエール、紺《こん》ちゃんはドーナツとミルクティーを買って、すぐうらの児童公園に行った。空はどんより曇《くも》ってたけど、風がそよそよと気持ちよかった。大きな丸太を輪切りにしたイスにすわったら、なんだかすごく楽しい気分になって、食べながら、ミスドのドーナツは何が一番好きかとか、ケーキなら、生クリーム派《は》か、チョコ派《は》か、ジャニーズは誰《だれ》のファン？

――なんて、たわいない話を、つぎからつぎと休みなく、しゃべり続けた。つい夢中《むちゅう》になって、

「ごめん、わたし、もう帰らないと」

紺《こん》ちゃんにいわれて、ハッと気がつくと、いつの間《ま》にか一時間以上、経《た》っていた。

塾に行くなら、急がなきゃならないギリギリの時間だった。

「あ、ごめん、そうだね……でも、わたしはもう少し、ここにいようかな」

あわてていったとたん、

「だいじょうぶ？」

紺《こん》ちゃんが急に心配そうに、わたしの顔をのぞきこんだ。

「シオちゃん、昼休みに職員室《しょくいんしつ》から帰ってきてから、ずっとヘンだったでしょ？」

（気づいてたんだ……）と、ドキッとした。紺《こん》ちゃんとは、去年二年の時から、同じクラス。親しくなって、「紺《こん》ちゃん」って呼《よ》んでたら、そのうち、わたしの名前の「詩《し》織《おり》」をちぢめて、「シオちゃん」と呼《よ》ぶようになった。

「何か、相談があるのかなって思ったけど……」

（……そっか……それで、あんなにすぐ「いいよ」っていってくれたんだ……）

わたしが黙《だま》ってると、

「あ……別に、なんでもないなら、いいの。へんなこと聞いて、ごめんね。じゃ、また、あしたね」

あわてて、ひらひら手をふって、急ぎ足で歩いていった。その後《うし》ろ姿《すがた》が、夕ぐれの光の中に、とけるように消えていくまで見送った。一人になったとたん、急に心細《こころぼそ》さがおそってきた。でも、家にはまだ帰りたくなかった。塾にも行く気分になれなかった。しばらく、このまま、行方不明《ゆくえふめい》でいようかと思ったけど、ママが心配して、学校に電話でもしたら、それこそまた大騒《おおさわ》ぎになる。しかたなく、ケータイにメールを入れた。

「直接《ちょくせつ》、塾に行きます」

（塾への連絡は、どうしよう？）

一瞬《いっしゅん》、迷《まよ》って、そのまま電源《でんげん》を切った。

それから、もうこれ以上、よけいなことを考えなくてすむように、なるべくにぎやかな場所――駅前の商店街まで歩いて、ガンガン音楽がかかってるＣＤのレンタルショップや、ファッショングッズの店を、あちこち梯子《はしご》して、時間をつぶした。

十月も後半になって、最近は五時過ぎると、真っ暗になる。街灯《がいとう》に群《むら》がる虫じゃないけど、そろそろ誰《だれ》かいるだろうと、ここ、コトブキ寿司《ずし》の駐車場《ちゅうしゃじょう》にきた。駐車場《ちゅうしゃじょう》のすぐ横が杉野神社《すぎのじんじゃ》にあがる石段になってて――思ったとおり、その一番下の段に、勇人《ゆうと》がすわってた。

（よかったあ）

ホッとして、かけよったとたん、

「あれっ、どしたんだよ？　火曜は塾がある日だろ？」

びっくりしたように、わたしの顔を見あげた。

「いいの、きょうは休み」

「休みって……えっ、まさか、サボッたのかよ？　マズイだろ。だいじょうぶなのかよ？」

「もう、うるさいなあ」

しつこく聞いてくるのを無視《むし》して、

「一人……？」

きょろきょろとまわりを見まわした。と、

「マー坊《ぼう》とオカッチが、食《く》いもん買いに行った」

不機嫌《ふきげん》そうにチッと舌《した》を鳴らして、通りの向いのコンビニのほうに目をやった。先月店長が代わってから、店の前にいるだけで営業妨害《えいぎょうぼうがい》だと、うるさくもんくをいわれるようになった。（ほんとは、あんな店で買いたくねえんだけどな）って、顔つきだ。

その点、ここなら、ゆっくりできる。店のわりに駐車場《ちゅうしゃじょう》が広いから、めったに満車《まんしゃ》になることはないし、マー坊《ぼう》のお兄さんの孝志《たかし》さんが板前《いたまえ》をやってて、悪さをしないかぎり、少々《しょうしょう》の騒《さわ》ぎは大目に見てくれるらしい。「悪さ」って何かって、マー坊《ぼう》が聞いたら、「そのくらい、てめえらで考えろ。店に迷惑《めいわく》かけたら、ソッコー追い出すからな」って、どやされたって――。

勇人《ゆうと》達とは、わたしが幼稚園《ようちえん》の時、この町に引っ越してきて以来のつきあいだ。わたしの二コ上のおにいちゃんが、勇人《ゆうと》達のアニキ分のカズくんと友達になって、カズくんの一コ上のおねえちゃんの理江《りえ》ちゃんもいっしょに、みんなで、よく遊んだ。

小学校にあがって、一年から三年まで、勇人《ゆうと》と同じクラスだった。四年で別べつになってからは、わたしが塾に通い始めたこともあって、しばらく遠ざかってたけど、中学に入って、また一、二年、いっしょになった。それで、幼《おさな》なじみが復活《ふっかつ》して、今年でちょうど十年のつきあいになる。この前、そんな話をしたら、

「ええーっ、十年？　すっげえ、十年かよーっ」

なぜかひどく感激《かんげき》して、

「おい、知ってるか？　詩織《しおり》と会って、十年だってよ」

興奮《こうふん》した声でマー坊《ぼう》にいうと、

「おれなんか、もっと長いぞ。ほとんど生まれた時からだから」

あっさりいい返されて、

「おまえらは、どうでもいいんだよ。家族みたいなもんだから。家族なら、生まれた

時から、知ってんの、あたりまえじゃん」

「ま、そういやあ、そうだけどな」

結局《けっきょく》、二人で納得《なっとく》しあってたのが、おかしかった。

マー坊《ぼう》とオカッチがコンビニのふくろをさげて、戻《もど》ってきた。わたしの顔を見るなり、

「あれっ、詩織《しおり》、塾は？」「まさか、サボリ？　マズイだろ」

口ぐちにまた、勇人《ゆうと》と同じことをいった。

「なんなのよ、えらそうに……自分達は毎日ここで、のんびり時間つぶししてるくせに……」

思わず、口をとがらすと、

「けど、おれら、責任《せきにん》あるからな。詩織《しおり》のこと、ちゃんとしとかないと、カズ兄《にい》が帰ってきた時、あわす顔ねえからさ」

勇人《ゆうと》が急にまじめな顔でいった。カズくんは、ほんとなら今ごろ、うちのおにいちゃんと同じ高二のはず。けど、たった半年で高校をやめて、去年の秋から、長野《ながの》のホテルのレストランで働いてる。

「まったく、どっちがよ。心配なのは、あんた達のほうでしょっ」

キロッとにらんで、けど、自然に顔が笑えてくる。

（勇人《ゆうと》達がいて、よかった……）

「腹《はら》へってない？　いっしょに食《く》う？」

「さっき食べたから、いい。プラネタリウム、行ってるね」

勇人《ゆうと》達の横をすりぬけて、石段を登ろうとすると、

「またかよ、好きだなあ」

あきれたように、笑った。

「だって、ここじゃ、丸見えだから。もし、ママがきたら、知らないっていってね」

「えっ？　やっぱ、ほんとにサボリだったのかよ？」

「今夜は、帰らないかもしれないから、よろしく」

「おいっ、ちょっと、なんだよ」

あわてて立ちあがったけど、追いかけてはこなかった。

「なんか、あったのかな?」「さあ? けど、ま、そんな心配しなくて、だいじょうぶだろ」

下で、ひそひそ話す声が聞こえる。わたしは三十段ある石段の、ちょうど真ん中の踊《おど》り場《ば》にすわった。

このへんは山をきり開いてできた町だから、やたら坂道や石段が多い。そのほとんどは高台《たかだい》の住宅地に向かう道路につながってて、しょっちゅう人が行《い》き来《き》する。でも、ここは、バス停《てい》から離《はな》れてるし、駐車場《ちゅうしゃじょう》と反対側《はんたいがわ》が竹やぶのがけで、上には杉野神社《すぎのじんじゃ》の境内《けいだい》があるだけだから、夏祭りの時以外、めったに人が通らない——というわけで、わたしだけのとっておきの指定席ってわけだ。

最初に、ここを教えてくれたのは、カズくんと勇人《ゆうと》達。みんなで杉野神社《すぎのじんじゃ》の境内《けいだい》で遊んで、そろそろ帰ろうって、石段の上まで戻《もど》ってきた時、「ほら、すごいだろ」って指さされて――思わず、「わあっ」ってさけんだのを今でも覚《おぼ》えてる。あの時、初めて、空がこんなに広いのを知った。見わたすかぎり、どこまでも続く景色《けしき》なんて、それまで見たことがなかったから。そして、空一面に広がる夕焼けのきれいだったこと。その下に広がる町並《まちなみ》も、何もかもがオレンジ色にそまって……まるで空と大地の境《さかい》にいるような、すごくふしぎな感覚《かんかく》だった。

それから、ここがわたしの一番のお気に入りの場所になった。小学校の一、二年くらいまでは、いつもみんなといっしょだったけど、もう少し、大きくなってからは、一人でもよくきた。買い物の帰りとか、ひまな時……何かいやなことがあって、誰《だれ》にも会いたくない時……ここにすわって、下の道路を走る車や、その向こうのコンビニの上の空を、ぼんやりながめたりする。

うっすらと朝もやに包《つつ》まれた光景《こうけい》、ギラギラ光る真夏の真昼の太陽……どれもそれぞれに好きだけど、なんといっても一番は、最初に見た夕ぐれの太陽が沈《しず》むころ――。

空がだんだん深い群青色《ぐんじょういろ》にそまって、晴れた日は東の空にピカッと金星が光り出す。そして、じっと目をこらすうちに、あっちにひとつ、こっちにひとつ……星の数が増えてくる。(まるでプラネタリウムみたい)って思った。こっちが本物なのに、おかしいけど……。気がつくと、宇宙の真ん中に、一人で浮かんでるような気分になって、そのまま、銀河《ぎんが》の果《は》てまで、ワープしていく——そんな空想《くうそう》をよくした。

きょうは曇《くも》ってて、星が見えないけど、その分、果《は》てしなく広がる、こわいほどの闇《やみ》の深さを感じる。

「やったあ! おれの勝ちい、いっただきい」

下から、勇人《ゆうと》のバカでかい声が聞こえてきた。

「ハイ、毎度《まいど》ありーっ。悪いね」

「チェッ、またかよ?」「これで、おれ、五回目だぜ。あーあ、五百円もありゃ、『大《たい》雅《が》』のみそラーメン食《く》えたのによお」

ブツブツいいながら、マー坊《ぼう》とオカッチがポケットから小銭《こぜに》をつまみだした。

また、いつもの遊びだ。たいていは百円（みんなのつごうで、五十円や十円の時もある）をかけたゲームで、タイムをはかって、石段をかけあがったり、何段目から飛び降りて、きれいに着地《ちゃくち》できるかとか、通る車の色あて……こないだなんか、カンけりに本気《ほんき》で燃《も》えて、とても中三の男子とは思えない——っていうより、最近ますます子どもっぽくなった感じだ。

夏休みまでは、勇人《ゆうと》達の他にも十人ぐらいいて、にぎやかだったけど、二学期になって、グッと人数が減った。特に十月に入ってからは、まわりが急に受験モードになって、それまでサボってた塾に、みんな、まじめに通い出した。同じクラスの三沢《みさわ》くんなんて、今から塾じゃ間《ま》にあわないからって、親に勝手《かって》に家庭教師をつけられて、放《ほう》課後《かご》はほとんど監禁状態《かんきんじょうたい》らしい。

「あれはねえよなあ」っていいながら、他の連中《れんちゅう》も、似《に》たりよったりだ。塾の帰りにちょこっと顔を出しても、すぐに親からケータイが入ったり、中にはわざわざ車でむかえにくるのまでいて、そんなカッコ悪い姿《すがた》は見せたくないから、最近はコンビニで買ったものを食べたり飲んだりしただけで、さっさと帰っていく――というわけで、毎日ひまそうにしてるのは、この三人だけになってしまった。ほんとは三人も、そんなのんき気にしてられる場合じゃないんだけど……。

マー坊《ぼう》は、孝志《たかし》さんみたいに、寿司屋《すしや》の板前《いたまえ》になろうかなんていってたけど、「おれだって、三年かかって、まだ握《にぎ》らせてもらえないんだぞ。板前《いたまえ》の仕事をあまく見るな」って、怒《おこ》られたらしい。「まずは高校出てからだ」って、おじさんにもいわれたって。

勇人《ゆうと》は、坂本工務店《さかもとこうむてん》の一人息子だ。あまり勉強が好きじゃないから、中学を出たら、おじさんの仕事を手伝うんじゃないかって、なんとなく思ってた。本人も、そのつもりだったらしい。けど、この不況《ふきょう》の中、従業員《じゅうぎょういん》六人を食べさせるのがやっとだから、高校行くか、働くなら、自分で職探《しょくさが》せって、三年になってすぐ、進路の話をしたとたん、クギをさされたって。オカッチは、細かいイラストを描《か》くのが好きで、工業高校行くってはりきってたのに、「今の成績じゃ、無理《むり》」って、担任《たんにん》の丸《まる》ちゃんにいわれて、完全にふてくされ状態《じょうたい》だ。

（みんな、どうするんだろう？　できたら、このまま、ずっといっしょにいられたらいいのに……）

「じゃ、金もなくなったし、おれ、帰るわ」

マー坊《ぼう》がパッと立ちあがった。

「おう」「じゃな」

後の二人が顔をあげて、駐車場《ちゅうしゃじょう》を出ていくマー坊《ぼう》を見送った。なんで帰るのか理由を聞いたり、引きとめたりしない。冷たいくらい、あっさりしてる。そこが勇人《ゆうと》達のいいところだって、いつもなら思うけど、きょうはなんだか、さみしい。だって、たった三人だけなのに、また一人減っちゃうなんて……。

よっぽど追いかけて、連れもどしたかった。でも、それはルール違反《いはん》だ。ホーッとため息《いき》をついたとたん、気のせいか、急に肌寒《はだざむ》くなって、バッグの中のカーディガンをはおろうと、立ちあがった――と、なんというタイミングの悪さ！　向かいのコンビニから出てきた亜弓《あゆみ》と翔子《しょうこ》と、バッチリ目があってしまった。

(よりによって、なんで、こんな時に……)

今、ママを除《のぞ》いて、一番会いたくない相手《あいて》だ。急いで、木陰《こかげ》の暗《くら》がりにうずくまった。が、二人は信号を渡《わた》って、まっすぐこっちに向かって歩いてきた。一瞬《いっしゅん》、逃《に》げようか、迷《まよ》った。でも、よく考えたら、塾が違《ちが》うから、きょうサボったことは知らないはず。またさっきの場所に、腰《こし》をおろした。と、

「こんなとこで、何してんの?」

ちょうど目の前まで石段をあがってきた亜弓《あゆみ》が、いきなりけわしい表情で聞いてきた。

「制服《せいふく》のままじゃない。塾はどうしたの?」

「行ったわよ。学校から直接《ちょくせつ》行って、今帰ってきたとこ」

「ほんとに?」

なおも疑《うたが》うような目つきで、わたしの顔をのぞきこんだ。

「麻衣《まい》ちゃんがいってたの。詩織《しおり》が最近、よく塾を休むって……」

山口麻衣《やまぐちまい》は、亜弓《あゆみ》と同じクラス。去年の春から、わたしと塾のクラスがいっしょになった。でも、ただそれだけで、ほとんど話をしたこともない。

（よけいなことを……）

思わず、心の中で舌打《したう》ちした。

「学校にはきてるのに、どうしたのかしらねって……ママに話したら、最近、詩織《しおり》のおばさんに会ってないって、心配してたよ。詩織《しおり》が何度も塾、休んだこと、おばさん、知ってるの？　まさか、勝手《かって》にサボッたんじゃないよね？」

（あんたにはもう、なんのカンケーもないんだから、どうでもいいでしょっ）

亜弓《あゆみ》の顔をギロッとにらみつけた。

亜弓《あゆみ》とは、小学校の五、六年、同じクラスだった。同じ塾に通って、同じ私立の女子中学を受験した。そして、二人そろって、めでたく落ちて——同じ地元の杉中《すぎちゅう》に通ってる。中学は二年の時、いっしょだった。今はクラスも塾も違《ちが》う。なのに、亜弓《あゆみ》は未《いま》だに、わたしのことを特別な存在《そんざい》――同じ中学を受験して、失敗《しっぱい》した仲間――と思ってるらしい。ほんと、メーワクな話だ。

受験に失敗《しっぱい》した時、全くショックを受けなかったといえば、うそになる。合格組の子達が楽しそうにはしゃいでるのを見て、うらやましいと思ったし、家族――特にママがガッカリして、家の雰囲気《ふんいき》が最悪だったし……。でも、負けおしみじゃなく、今は杉中《すぎちゅう》にきて、ほんとによかったって思ってる。

うちはおにいちゃんが中学受験して、私立に通ってるから、自分もとうぜんそうするもんだと、深く考えもしないで、四年の春から、塾に通い始めた。そして、親と先生が決めた学校を受験した。ママはひどく神経《しんけい》をピリピリさせてたけど、自分がどうしても行きたいって思ったわけじゃなかったから、（もしだめだったら、杉中《すぎちゅう》に行けばいい）って、わりと気楽《きらく》に考えてた気がする。

でも、亜弓《あゆみ》は違《ちが》ってた。その学校に通ってる二コ上の従姉妹《いとこ》にあこがれて、自分も同じ制服《せいふく》が着たいからって、わたしの何倍も真剣《しんけん》に勉強した。なのに、結果《けっか》は不合格。

ショックで何日も学校を休んだ。出てきてからも、卒業式までの一か月、なぐさめるのがたいへんだった。そして、春休みが過ぎて、中学の入学式の日、やっと元気をとりもどした亜弓《あゆみ》は、

「今度こそ、絶対《ぜったい》がんばろうね」

わたしの顔を見るなり、ギュッと手をにぎってきた。またいっしょに、同じ学校の高等部を目指そうというのだ。亜弓《あゆみ》のおばさんも、うちのママも、そのつもりだった。それで引き続き、同じ塾の高校受験のためのクラスに通うことになった。

亜弓《あゆみ》の目標は、今もずっとその時のままだ。でも、わたしは中学に入って、半年もしないうちに、自分の気持ちがはっきり変わった。というより、ある日とつぜん、霧《きり》が晴れたように気づいたのだ。これはわたしのじゃない。ママの目標だって……。

何年ぶりかで、また勇人《ゆうと》達とつきあうようになって、昔のことを、いろいろ思い出した。小さい時、自分がどんな女の子だったか、ママがどんな母親だったか……あのころはまだ、その意味を少しも理解してなかったけど……。

例えばママは、家の外で勝手《かって》に何かを食べてはいけないって、口うるさくいっていた。友達の家に遊びに行って、他の子がおやつをもらっても、「ごめんね。詩織《しおり》ちゃんにはあげないでって、ママにいわれてるから」って、わたしだけ、もらえなかった。みんなが楽しそうに食べてる間、部屋のすみで一人で絵本を読んだりして、平気なふりしてたけど、ほんとはすごくさみしかった。でも、勇人《ゆうと》のおばちゃんだけは、「内緒《ないしょ》だよ」って、いつもみんなと同じように食べさせてくれた。

五年生になるまで、月づきのおこづかいもなかったから、他の子達が、お菓子《かし》や、ガチャガチャを買うのを、お店の外で待っていた。

お祭りの時だけは、おこづかいがもらえたけど、不衛生《ふえいせい》だからって、やっぱり食べ物は禁止《きんし》。でも、「祭りの一番の楽しみは、なんたって、食《く》いもんだよなあ」って、カズくんが、あんず飴《あめ》や焼《や》きソバをおごってくれて、勇人《ゆうと》が綿菓子《わたがし》を半分わけてくれて、ワイワイいいながら、みんなでいっしょに歩きながら食べた。ほんとにおいしくて、楽しかった。

そんなことを、たくさんたくさん思い出した。そして、今だから、わかる気がする。あの時、勇人《ゆうと》のおばちゃんみたいな人がいてくれたから、カズくんや、勇人達《ゆうと》がいてくれたから、一人ぼっちにならずにすんだんだって……。だから、これからもずっといっしょにいたいって……。

カズくんには、たまにしか会えないけど、何かあったら、絶対力《ぜったい》になってくれる。勇人達《ゆうと》とも、たぶんバラバラになるだろうけど、遠くの私立に通うより、近くの公立のほうが、会える時間もきっと多くなる。高校は公立に行きたい――一年が終わるころには、はっきりそう思うようになった。でも、それまで通ってたのは、有名私立の受験のための塾だったから、思い切って、ママにいった。

「高校は公立に行きたいから、塾をかわりたい」

「いきなり、何をいい出すの?」

ママはびっくりして、予想《よそう》どおり、猛反対《もうはんたい》した。

「こんなに長い間、お世話になって、信頼《しんらい》できる先生もたくさんいらっしゃるのに」

何度頼《たの》んでも、ガンとして聞き入れてくれなかった。どうしようと悩《なや》んだあげく、とつぜんハッと思いついた。(こういう時こそ、父親の出番じゃないか)って——。仕事人間で、毎晩遅《まいばんおそ》く帰ってきて、家にいる時も、いつもパソコンに向かってる。もう長いこと、まともに話もしてなかった。

「家のことも、子ども達のことも、全部わたしにおしつけて」

ママはしょっちゅうグチをこぼすけど、内心《ないしん》では、夫が大企業《だいきぎょう》のエリートサラリーマンなのを、ずっと自慢《じまん》に思ってたことを知っている。最近、不況《ふきょう》で会社の業績《ぎょうせき》がよくなくて、不安を感じてることも……。そのぶん、子どもには、「一流の道」を進んでほしいのに、おにいちゃんもわたしも今いちパッとしなくて、イライラしてることも……。

一年の終業式から、何日かたった日曜日。めずらしく家族全員で、朝食のテーブルをかこんでた。そんなチャンスは、めったにない。思い切って、「公立に行きたいから、塾をかわりたいんだけど」といってみた。

「ねえ、お父さん、いいでしょ？」

まさか娘《むすめ》が、自分に何かを相談するなんて、思ってもみなかったんだろう。とまどった表情で、二、三秒、じっとわたしの顔を見てから、

「好きなようにしたら、いいだろう」

一言ぼそっといって、またすぐに新聞に目を戻《もど》した。そんなあっさり返事をもらえるとは思ってなかったから、今度はこっちがびっくりした。（ヤッターッ！）と心の中でさけんだとたん、

「ちょっと、よく考えもしないで、無責任《むせきにん》なことといわないでください。今の学校のことなんか、なんにもわかってないくせに」

ママがヒステリックな声でわめいて、

「うるさいな。静かにしろ」

バサッと乱暴《らんぼう》に新聞をめくる音がして、ものすごく険悪《けんあく》な雰囲気《ふんいき》になった。おにいちゃんは、四月から高一になるところだった。でも、中高一貫だから、試験はない。

何もいわず、もくもくと食べ終わると、逃《に》げるように、自分の食器をキッチンに運んでいった。思わず、その後を追いかけた。

「こういう時、ふつうは妹のために、なんかいってくれるんじゃないの？　自分は受験がないからって、知らん顔なんて、ひどいじゃない」

おにいちゃんを見てると、いつもカズくんを思い出す。そして、くらべてしまう。

（カズくんなら、絶対《ぜったい》いってくれた……）

あの時も、そう思って、情《なさ》けなかった。

「でも、ぼくが下手に口出しすると、よけいややこしくなるから……。それに詩織《しおり》は、一度いい出したら、自分の考えを絶対《ぜったい》おし通すだろ？」

洗い物をしながら、もそもそといった。

「小さい時から、いつもそうだったろ？　洋服も、ぼくはかあさんが出してくれたのを、黙《だま》って着てたけど、おまえは気に入らないと、絶対《ぜったい》着なかったじゃないか。ぼくの助けなんか必要《ひつよう》ないって」

そして、洗い終わった食器を棚《たな》にしまうと、自分の部屋に引き上げていった。

おにいちゃんがわたしのことを、そんなふうに思ってたなんて知らなかったから、ちょっとびっくりした。いわれたことは、確かにそうかもしれないけど、やっぱり兄《きょう》妹《だい》なら、口に出して味方《みかた》してほしかった。カズくんなら、絶対《ぜったい》いってくれたと、どうしても割りきれない気持ちが残った。

それにしても、勉強以外、スポーツも、見た目のカッコよさも、男らしさも、何もかもが天と地の差。考えたら、なんでカズくんが、おにいちゃんと友達になったのかも、ふしぎだった。五年で塾に通い始めたころから、あまり遊ばなくなって、中学も違《ちが》うから、もう何年もつきあいはないけど……。

塾のことは、結局《けっきょく》、ママが折れた。かわれないなら、もうどこにも行かないと、おどしたからだ。

「えーっ、なんで？」

亜弓《あゆみ》はショックを受けて、しばらくぐずぐずいってたけど、わたしは亜弓《あゆみ》の迷惑《めいわく》な「仲間意識《なかまいしき》」からも、ママの勝手《かって》な期待からも解放《かいほう》されて、ほんとにホッとした。

それで一件落着《いっけんらくちゃく》のはずだった。ところが、三年になって、だんだん受験が近づいて、急に不安になったのか、また夏ごろから、ママがぐずぐずいい始めた。

「やっぱり、前の塾に戻《もど》ったほうがいいんじゃないの？　いくら第一志望《だいいちしぼう》が公立でも、私立も受けないわけいかないんだから。あっちのほうが実績《じっせき》もあるし、レベルもぜんぜん違《ちが》うし」

「もう決めたんだから、今さら、ぐちゃぐちゃいわないでよ」

何度もいいあいのケンカになった。そのたび、勉強する気も、塾に行く気もなくなって、学校から帰ると、部屋に閉じこもった。ベッドにうずくまって、頭から毛布をかぶってると、

「すみません。風邪《かぜ》ぎみなので、お休みさせていただきます」「ちょっと、急な用事ができまして」

ママがこそこそ塾に電話する声が聞こえてきて、それがほんとにいやだった。いっそ塾をやめようかと、何度も思った。でも、そんなことをしたら、もっと大騒《おおさわ》ぎになる。それに、そこまでの勇気は、自分でもなかった。だから、今まで、なんとか続けてきた。

(なのに、まさか、学校の先生にまで、説得《せっとく》を頼《たの》みに行くなんて……)

昼間の怒《いか》りが、またこみあげてきた。

わたしのメールを読んで、ほんとに塾に行ったと信じただろうか？　それとも、勝《かっ》手《て》に先生に相談に行ったことを、わたしが怒《おこ》ってるぐらい、気づいただろうか？　自分は神経質《しんけいしつ》で心配性《しんぱいしょう》のくせに、相手《あいて》のこっちの気持ちには、びっくりするくらい鈍感《どんかん》だから……。でも、さすがにおかしいと思って、何かの口実《こうじつ》を作って、塾にさぐりの電話を入れたかも……。

でも、そんなこととして、万一自分の娘《むすめ》が親に無断《むだん》で塾をサボッたなんてことを、知られるような危険はおかさないだろうな。それより、パパの仕事先に連絡して、怒鳴《どな》られてる可能性のほうが大きいかも……。
あーっ、もう、なんでもいいや。考えるだけ、疲《つか》れる。

「ねえ、とにかく、食べようよ」
翔子《しょうこ》がしびれを切らしたように、石段に腰《こし》をおろした。翔子《しょうこ》とも、二年の時同じクラスだった。わたしが塾をかわってから、亜弓《あゆみ》が一番親しくしてたから、ふつうにしゃべったりはしたけど、特に親しくはなかった。わたしはそれより、紺《こん》ちゃんや勇人《ゆうと》達といっしょのほうが多かった。紺《こん》ちゃんは、まじめで、おっとりしてて、正直《しょうじき》、クラスで、あまり目立つ存在《そんざい》じゃない。なのに、勇人《ゆうと》達がバカなことして騒《さわ》ぐのを、いつも楽しそうに笑って見てた。（もしかして、勇人《ゆうと》のこと、好きなの？）って疑《うたが》ったくらい。まさか、それはないだろうけど、亜弓《あゆみ》とせっかく塾が離《はな》れたのに、また同じクラスになって、どうしようって思ってたわたしにとって、まさに救いの神のような存《そん》在《ざい》だった。他の子みたいに、ぺちゃくちゃよけいなおしゃべりをしないし、かといって、ずっと黙《だま》ってても、気まずくなったりしない。いっしょにいると、まわりの空気がほわっとして、ホッとできる感じ。きょうも、何もいわなかったのに、あんなふうにつきあってくれて……。

「ねえ、塾って、チョーおなかすくよね。頭使うと、おなかすくと思わない？　亜弓《あゆみ》もすわれば？」

　コンビニのふくろからパンを出しながら、翔子《しょうこ》がおしりをちょっと横にずらした。

亜弓《あゆみ》はわたしの顔色《かおいろ》をさぐるように、チラッとこっちを見た。

「わたしはさっき食べたから」というと、

「じゃ」

翔子《しょうこ》のとなりにすわって、いっしょに食べ始めた。

「まったく、やんなっちゃうよねえ。たまに帰りに、こうしてコンビニ寄《よ》るのだけが、息《いき》ぬきなんだもん」

　パンをほおばりながら、いまいましそうに翔子《しょうこ》がいった。

「うん……でも、わたし、もう後がないから。今度の中間、死ぬ気でがんばらなきゃ」

亜弓《あゆみ》の口調《くちょう》はひどく重たかった。私立は直接内申《ないしん》が関係ないけど、成績によっては、志望校《しぼうこう》を変更《へんこう》させられる場合があるらしい。担任が、自分のクラスの生徒を確実《かくじつ》に合格させたいから、安全圏《けん》を受けさせるって、うわさだ。だったら、わたしのことなんか、ほっとけばいいのに……。親や教師のつごうで、志望校《しぼうこう》を決められるなんて、誰《だれ》のための受験なんだって、いいたくなる。

亜弓《あゆみ》の場合、二度目の挑戦《ちょうせん》――しかも最後のチャンスだから、特にプレッシャーが強いのかもしれない。そんなに従姉妹《いとこ》と同じ学校にこだわらなくても、って思うけど、ある意味、何年もゆるぎない目標を持ち続けてるのは、うらやましい気もする。

「あたしも……内申《ないしん》、十はあげなきゃ」

翔子《しょうこ》が急にせっぱつまった口調《くちょう》でいった。

「十？　いくらなんでも、それは無理《むり》でしょ」

「だよねえ。後一週間だもんねえ」

ガクッと首を落として、大きなため息《いき》をついた。

（……そっか、中間まで、後一週間しかないんだ……どうするんだろ、わたし……）

霞《かすみ》の向こうにぼんやり見えてたものが、急にリアルに目の前にせまってきた気がした。

「さてと、じゃ、そろそろ帰りますか」

翔子《しょうこ》が重そうに腰《こし》をあげた。

「あ、そうだね」

亜弓《あゆみ》も急いで立ちあがった。

「あーあ、勉強しないで入れる高校あったらいいのに」

ぶつぶついいながら、コンビニのふくろにジュースの空《あ》き缶《かん》をしまってる翔子《しょうこ》のようすを、じっとながめてた亜弓《あゆみ》が、急にこっちをふり向いて、

「詩織《しおり》は？」と聞いてきた。

とっさに受験のことだと思って、なんて答えようか迷《まよ》ってると、

「まだ帰らないの？」

ぜんぜんカンケーない意味だった。

（そうだよね。わたしのことなんか、気にしてる場合じゃないよね）

ばかげたカン違《ちが》いに、思わず笑ってしまった。ところが、つぎの瞬間《しゅんかん》、

「もしかして……真希《まき》センパイ、待ってるの？」

今度はひどく真剣《しんけん》な表情で、おずおずと聞いてきた。

「えっ、なんで？」

「前から気になってたんだけど……ここで詩織《しおり》がセンパイといっしょにいるの、何度も見たって聞いて……悪いことといわないから、やめたほうがいいよ」

いいにくそうに、けど、わたしの目をまっすぐ、にらむようにしていった。

（まさか、そんなことが、いいたかったから……？　亜弓《あゆみ》が塾の帰りに、わざわざ遠まわりして、こっちのコンビニに来るなんて、おかしいと思ったんだ……）

胸《むね》の奥《おく》から、怒《いか》りとも悲しみともつかない感情が、ワッとこみあげてきた。

「わたしが誰《だれ》といようと、カンケーないでしょっ。だいたい、なんで、あんたがそんなこというのよ？」

「心配してるんじゃない。あの人、いろいろうわさがあるから」

横から翔子《しょうこ》が口をつっこんできた。

「あそこんちのおばさん、スナックやってるでしょ？　いろんな男とつきあって……今の相手《あいて》、ヤクザだってうわさだよ。真希《まき》センパイも、高校行ってから、大人の男とつきあってるって。あんな人と関わってたら、マジ、ヤバイって」

「そんなバカバカしいうわさ、どこで聞いたの？」

腹《はら》を立てるのを通り越《こ》して、思わず吹《ふ》き出しそうになってしまった。

（だって、真希《まき》ちゃんはずっと、カズくん一筋《ひとすじ》なんだから）

いつか、わたしだけにそっと打ち明けてくれた。

「あたしね、悔《くや》しいけど、もしあいつがいなくなったら、生きてけないって思うくらい、カズのことが好きなんだ」

うっすら涙《なみだ》をうかべて話してくれた――そんな大切な秘密《ひみつ》をもう少しで漏《も》らしちゃうところだった。

亜弓《あゆみ》も翔子《しょうこ》も、あんなに真希《まき》ちゃんにあこがれてたから。去年、五月の体育祭の応《おう》援団《えんだん》で、同じチームになって、チアリーダーだった真希《まき》ちゃんの熱烈《ねつれつ》なファンになって――わたしが小学校の時から、仲よかったっていったら、ものすごくうらやましがって――。そして、その後、秋の杉野神社《すぎのじんじゃ》のお祭りで、他の中学のガラの悪い連中《れんちゅう》にからまれた時、真希《まき》ちゃんがぐうぜん通りかかって、助けてくれたって――。

「見た目はあんなに細くて、かわいい感じなのに、いざとなると、すごい迫力《はくりょく》なんだよ」「ああいう人が、ほんとにカッコいいっていうんだよね」

「そう。真希《まき》ちゃんて、外見《がいけん》だけじゃなくて、中身《なかみ》もすっごくステキなんだ」

自分のことみたいに、うれしくなって、ついカズくんのことまで、しゃべっちゃいそうになった。でも、よかった。こんなうらぎり者に、大切な秘密《ひみつ》、教えなくて……。

卒業式の日、感謝《かんしゃ》の気持ちをこめて、プレゼントを渡《わた》したいっていうから、三人でお金を出しあって、かわいいブーケを贈《おく》った。そんなことも、全部忘《わす》れちゃったんだ……。


「あたし達さぁ、今一番大事《だいじ》な時期じゃん」

翔子《しょうこ》はさらに続けた。

「今度の中間、少しくらい点あげたって、内申《ないしん》て、テストの点だけで決まるんじゃないんだよ。生活態度《たいど》とか、いろいろ見られるんだから。先生の耳に、ヘンなうわさが入らないうちに……」

「ヘンなうわさって、なに？　いっとくけど、わたしが塾サボッたのと、真希《まき》ちゃんとぜんぜんカンケーないからねっ」

思わず、いい返したとたん、

「やっぱ、サボッたんだ」

亜弓《あゆみ》の表情が急にけわしくなった。

「ねえ、どうして？　もしかして、詩織《しおり》が公立志望《しぼう》になったり、塾かえたのも、あの人の影響《えいきょう》？」

（そうだよ）って、いおうとした。亜弓《あゆみ》や翔子《しょうこ》より、真希《まき》ちゃんや勇人《ゆうと》達とつきあっていきたいからって……。その時、いつかママがいった言葉がふっと頭に浮かんだ。

『亜弓《あゆみ》ちゃんといっしょだと安心よね。同じ学校に、従姉妹《いとこ》のお姉さんがいるから、くわしい話、いろいろ聞けるし……』

（あれって、もしかして……亜弓《あゆみ》や亜弓《あゆみ》のお母さんは、ママにとって、利用価値《りようかち》があるって意味？　だから、あんなに親しくつきあってたの……？）

愕然《がくぜん》とした。そして、今やっと、はっきり気がついた。

わたしが塾をかわりたかった、亜弓《あゆみ》と離《はな》れたかった、ほんとうの理由――それは、ママのそんな計算をうすうす感じて、無意識《むいしき》に拒絶《きょぜつ》したかったから――。

だとしたら、亜弓《あゆみ》にはなんの責任もない。真希《まき》ちゃんのことも、きっとよく知らないで、友達として、ただ単純に心配してくれただけだろうから……。でももう、目指す場所が違《ちが》うんだから、おたがい、これ以上、関わらないほうがいい。

ふっと夜空を見あげた。

「あー、きょうは雲がかかってて、残念だなあ」

晴れてたら、今ごろコンビニの上に、ぽっかり月が浮かんでるはずだ。

「えっ、なに？」

亜弓《あゆみ》がふしぎそうに聞き返した。

「今度の満月は、いつかなあ」

空を見たまま、一人ごとのように、つぶやいた。

「帰ろっ！　こんな人に何いってもムダよ」

翔子《しょうこ》がらんぼうに亜弓《あゆみ》の腕《うで》をひっぱった。

「人がせっかく親切でいってんのに、どうなっても知らないからねっ」

すてぜりふのようにさけぶと、まだ何かいいたそうな亜弓《あゆみ》を引きずるようにして、石段をおりていった。

（親切、かあ……）

空の真ん中に、真希《まき》ちゃんの顔がポカッと浮かんだ。いつか、二人でここにすわってた時、

「お月さまがほしい、とおひめさまがいいました」

真希《まき》ちゃんがとつぜん、小さな声でポソッとつぶやいた。

「えっ？」

「知らない？『たくさんのお月さま』って外国の童話」

ニコッと笑って、まるで小さな子に聞かせるように、優《やさ》しい声で話してくれた。

「昔、レノアひめという小さなおひめさまがいたの。ある日、病気になって、心配したおうさまが『何かほしいものがあったら、なんでも持ってきてあげる』っていったの。すると、おひめさまは『お月さまがほしい。お月さまをもらえたら、きっと元気になる』って。おうさまはさっそく家来《けらい》達を呼《よ》んで、お月さまをとってくるよう命令したの。けど、お月さまは何十マイルも遠くにあるし、とても大きなものだから、絶《ぜっ》対《たい》に無理《むり》だって――。おうさまが困《こま》って悩《なや》んでると、道化師《どうけし》が『どうしたらいいか、

おひめさまに聞いてみましょう』って、おひめさまのとこに行って、お月さまがどのくらいの大きさで、どれぐらい遠くにあるのか、聞いてみたの。するとレノアひめは、大きさは親指のつめより、ちょっと小さいくらい。親指をかざすと、ちょうどかくれるから。遠さは、窓《まど》の外の木のてっぺんくらい。時どき、てっぺんの枝にひっかかってるからって。もちろん金でできてるって……。道化師《どうけし》はレノアひめがいった通りのお月さまを細工師《さいくし》に作らせて、金のくさりをつけて、おひめさまの首にかけてあげるの。おひめさまはものすごくよろこんで、すっかり病気がなおったの。でも、つぎの晩、空にまた月がのぼるでしょ？　おうさまはまた悩《なや》んで、道化師《どうけし》に相談したの。道《どう》化師《けし》は今度もおひめさまに聞きにいったの。すると、『歯がぬけても、またはえてくるでしょ？　花を切っても、またさくでしょ？　それと同じよ』って、おひめさまはケロッといって……大人達がさんざ悩《なや》んだことが、あっさり解決《かいけつ》しちゃったってわけ」

　真希《まき》ちゃんは顔の前にまっすぐ右手をのばして、月に向かって親指をたてると、

「ほらね、ほんとに親指のつめにすっぽりかくれちゃうの」

うれしそうにニコッとほほえんだ。いつもクールで大人っぽい感じの真希《まき》ちゃんが、そんなかわいい話が好きだなんて、ほんとうにびっくりした。でも、それ以上に心に残ったのは、その後真希《まき》ちゃんがいったこと――。

「あたし、この本読んだ時、めちゃめちゃうらやましかったんだ。まわりの大人達が、小さなおひめさまのわがままを一生懸命《いっしょうけんめい》聞いてくれて、おひめさまの願いをかなえるために、小さなお月さまを作ってくれるなんて……ねえ、すごいよねえ。あたしももし子どもが生まれて、その子が何かほしがったら、太陽でも月でも、なんでも願いをかなえてあげるんだ」

真希《まき》ちゃんの言葉に胸《むね》がジーンとした。そして、なぜかずっと忘《わす》れてたことを、とつぜん思い出した。

確か、小学校三年か四年のころ、毎月買ってた女の子向けの雑誌の読者欄《らん》に載《の》ってた、一人のお母さんの投書《とうしょ》――朝、カサを持って学校に行ったはずの娘《むすめ》が、ずぶぬれになって帰ってきた。どうしたのか聞いたら、カサを持ってたのが自分だけで、友達全員を入れてあげられなかったから、いっしょにぬれてきたって。他人を思いやれる優《やさ》しい娘《むすめ》に育ってくれて、うれしかったって——。それを読んだ時、（ママなら、絶《ぜっ》対《たい》こんなふうにいわないだろうな）って思った。（「あんたがぬれても、友達のためになんにもならないんだから、風邪《かぜ》をひいたらどうするの」って、怒《おこ》られるだろうな）って。そして、すごくさみしい気持ちになった。ママに実際《じっさい》いわれたわけでもないのに、勝手《かって》にそんなことを想像《そうぞう》する自分が、よけい悲しかった。この投書《とうしょ》のお母さんみたいに、自分の娘《むすめ》だけじゃなく、まわりのみんなに優《やさ》しい人の子に生まれたかったなって——。

だから、真希《まき》ちゃんのいうことがすごくよくわかった。わたしと同じようなことを感じてる人がいるんだ。この人なら、わたしの気持ちをきっとわかってくれるだろうって、すごくうれしかった。

それ以来、ここにすわって月を見るたび、真希《まき》ちゃんの優《やさ》しい声を思い出す。そして、月に向かってそっと親指をかざしてみる。

『あそこんちのおばさん、いろんな男とつきあって……今の相手《あいて》、ヤクザだってうわさだよ』……。

うわさがほんとかどうかはわからない。でも、もし、ほんとだとしても、真希《まき》ちゃんにはなんの責任《せきにん》もない、どうしようもないことだ。おばさんの仕事のせいで、今までにも、いろんなことをいわれてきたのかもしれない。それでも、いつもシャキッと胸《むね》はって、真希《まき》ちゃんて、ほんとにすごいって思う。

真希《まき》ちゃんと初めて会ったのも、この上の杉野神社《すぎのじんじゃ》の境内《けいだい》だった。四年生の夏休みに、久しぶりに勇人《ゆうと》達と遊んだ時、いつもこのへんをうろうろしてたのら猫《ねこ》が、数《やぶ》の中で四匹《ひき》の子猫《こねこ》を産《う》んだ。大人に内緒《ないしょ》で、みんなで育てようって、それから毎日、交《こう》替《たい》で牛乳を持ってきた。ある日、みんなでまたようすを見にくると、知らない女の子が子猫《こねこ》に牛乳を飲ませてた。最近、引っ越してきたばかりだって。話してるうちに、ひとつ年上の五年生で、勇人《ゆうと》達のアパートのすぐ近くだってわかったから、勇人《ゆうと》が急いで、アニキ分のカズくんを呼《よ》びにいった。学校が始まるまで、まだ二週間近くあったから、それから毎日、ここでいっしょにおやつを食べたり、杉野神社《すぎのじんじゃ》の境内《けいだい》で虫取りをしたり……。ちょうど、カズくんのおねえちゃんの理江《りえ》ちゃんが中学生になって、遊ばなくなってたから、わたしは新しい女の子の仲間ができて、すごくうれしかった。うちにも何度かみんなで来て、そういう時はおにいちゃんもいっしょに遊んだ。真希《まき》ちゃんは、ふしぎなくらい、わたし達の輪の中にスッととけこんだ。特にカズくんとは話があったみたいで、

「あの二人、いい感じだよね」「ひょっとして、ひょっとするかも」

勇人《ゆうと》達とかげでこそこそいったりした。そして、予想《よそう》どおり、真希《まき》ちゃんが中学に入ったころから、二人はつきあい始めた。「あれ以上のお似合《にあ》いのカップルはない」って、評判《ひょうばん》だったらしいけど、わたしにとっては今も、これからもずっと、永遠《えいえん》にあこがれの存在《そんざい》だ。

でも、どうしたんだろう？　ここ一か月近く、真希《まき》ちゃんに会えない日が続いてる。

よほど忙《いそが》しいのか、メールを入れると、いちおう簡単《かんたん》な返事はくれてたけど、おとといからは、全くメールも返ってこなくなった。電話も、ずっと留守電になってる。今まで、こんなこと、一度もなかったのに……。

きょうみたいな日は、真希《まき》ちゃんに会って、思いっきり話を聞いてほしかったなあ。火曜日は確か、十時までバイトだから、どっちみち無理《むり》だけど……。

(これから、どうしよう……?)

下の駐車場《ちゅうしゃじょう》にふっと目をやると、勇人《ゆうと》達の姿《すがた》が見えない。

(うそっ、帰っちゃったの?)

あわてて荷物をかかえて、石段をおりようとした。と、ちょうど下から、勇人《ゆうと》があがってきた。

「なんだ、いたんじゃない……オカッチは?」

「風邪《かぜ》ひきそうだからって、帰った」

そういえば、半そでのT《ティー》シャツ一枚《まい》だった。

「ずっと外にいると、寒くなってきたもんね。前の店長なら、何も買わなくても、店の中に入れてくれたのに……なんか、だんだんさみしくなるね」

「……」

勇人《ゆうと》のようすがなんとなくおかしい。

「どうしたの？　オカッチとケンカでもしたの？」

顔をのぞきこんだとたん、

「詩織《しおり》、もう帰るだろ。送ってくよ」

いきなり向きを変えて、トントンと石段をかけおりていった。

「えっ、やだっ、まだ帰りたくない」

わたしも急いで後を追って、早口でいった。

「久しぶりに、みんなでカラオケでも行きたかったのに、よけいなじゃまが入って……でも、二人だけでも、いっか。ねっ、行こうよ」

「いや、おれ、ちょっと、用があるから」

「用？」

意外《いがい》な返事に、びっくりした。

「用って、なによ？　すごいひまそうにしてたじゃん」

「急用ができたんだよ。時間ないから、とにかく帰ろう」

背中をおして、強引《ごういん》に歩き出そうとした。その手をはらって、急いでパッと横に飛びのいた。

「きょうは帰らないって、さっきいったでしょっ」

「なんでだよ？　また、かあちゃんとケンカか？　けど、きょうはマジ、無理《むり》だから」

勇人《ゆうと》はめずらしく、いいはった。

「なんで、無理《むり》か、理由をいいなさい」

「……」

「へえ、わたしにいえない用なんだ。カズくんに頼《たの》まれたから、責任《せきにん》あるなんていったくせに……いいよ、もう。一人で、どっか行くから。じゃ、さよなら」

クルッと背中を向けて歩き出したとたん、

「しょうがねえなあ」

あわてて追いかけてきて、

「カズ兄《にい》から、電話があったんだよ」といった。

「家でまずいことがあって、急いで帰ってきたって。今、駅について、これからアパートに向かうとちゅうだって……」

「えっ、カズくん、帰ってきたの？　なんで、早くいわないのよ」

「詩織《しおり》にはいうなって、いわれたんだよ」

気まずそうに顔をしかめて、チッと舌打《したう》ちした。

「近くに誰《だれ》かいるかって聞くから、詩織《しおり》がいるっていったら、あいつはまきこみたくないから、黙《だま》ってろって……だから、先に送って行こうと思ったのに……」

とちゅうからは、いいわけがましく、もごもごと口ごもった。

「どうして……？　勇人《ゆうと》に話して、なんで、わたしはだめなの？　カズくん、わたしのこと、妹みたいに思ってるから……なんかあったら、すぐに飛んで行くからって、いつもいってるのに……」

勇人《ゆうと》が困《こま》ったように、わたしを見た。こういう時、簡単《かんたん》にひきさがらないのを知ってるからだ。

カズくんは去年、高校をやめた後、しばらく近くのガソリンスタンドでバイトしてたけど、中学の友達のお父さんの紹介《しょうかい》で、七月の終わりに長野《ながの》に行った。それから半年以上、暮《く》れにも、お正月にも、一度も帰ってこなかった。でも、仕事のあいまに時どき電話をくれて、たいへんだけど、店長もセンパイもいい人ばかりで、楽しいって。一生懸命《いっしょうけんめい》がんばれば、そのうち料理も作らせてもらえるから、詩織《しおり》にも、おれのフランス料理食《く》わせてやるな、勇人《ゆうと》達とみんなで来いよって、うれしそうに話してた。

「チョー山ん中で、コンビニもないんだぜ」って、行く時はあんなに不安そうだったのに、今年の二月に初めて帰ってきた時は、たった半年会わなかっただけで、急に大人っぽくなってて、まっすぐ顔を見るのがはずかしかったくらい。それから何度か帰ってきて、最後に会ったのは、先月の「敬老《けいろう》の日」の連休の前だった。

「けど、ほんとに、かなりヤバイ話なんだ。ショック受けると思うけど……どうしても知りたいか？」

勇人《ゆうと》がしつこく、念《ねん》をおすように聞いた。

「知りたい」と、わたしは答えた。カズくんに何かたいへんなことが起きてるのに、このまま知らん顔して帰れるわけがない。

「わかった」

勇人《ゆうと》はやっと決心したようにうなずいた。

「じつは今朝《けさ》、カズ兄《にい》のねえちゃんから電話がかかってきて、おじさんがとんでもないこと、やらかしたらしいんだ。それで、早番に代わってもらって、急いで帰ってきたって」

「おじさんが？」

カズくんのおじさんは左官屋《さかんや》さん。家を建《た》てる時、壁《かべ》をぬったり、コンクリートの土台を造《つく》ったりする仕事だ。腕《うで》のいい職人《しょくにん》さんで、勇人《ゆうと》のおじさんも、何度も同じ現《げん》場《ば》で働いたことがあるらしい。

「カズ兄《にい》のおじさんが昔、ギャンブルにはまってたって知ってた？」

「うん……カズくんに聞いたことがある。でも、結婚《けっこん》してからは、自分のこづかいの範囲内《はんいない》って決めて、休みの日に、競馬《けいば》やパチンコに行くくらいだからって。カズくんも小さいころ、景品《けいひん》のお菓子《かし》や、おもちゃ目当《めあ》てに、よく連れてってもらったって。

そんな深刻《しんこく》そうな話じゃなかったよ」

「それが、ここんとこの不況《ふきょう》で仕事がどんどん減って、ヤケ起こしたのか、一発当てようとしたのか……カズ兄《にい》が長野《ながの》に行ってから、また昔の悪いクセが出て、競馬《けいば》だか競輪《けいりん》に、そうとうの金つぎこんだらしいんだ。ただでも、かせぎ少ないのに、生活費使いこんだあげく、とうとうねえちゃんが大学に行くために、おばさんがパートでコツコツためた貯金《ちょきん》にまで手ェ出したって」

「えっ、理江《りえ》ちゃんの……？」

びっくりして、思わず息《いき》を飲んだ。

「それがおとといバレて、完全にキレたおばさんが、おじさんをアパートから追い出したって……。それっきり何時になっても帰ってこないと思ったら、夜中に真希《まき》ちゃんのおばさんから電話があって、ぐでんぐでんに酔《よ》いつぶれてるから、今夜は店に泊《と》めるって……けど、そのまま、ゆうべもまた帰ってこなかったらしいんだ。たぶん、まだ真希《まき》ちゃんとこにいるんだろうって。『あんなくそおやじ、どこにいようが、どうでもいいけど、わたしの大学はどうなんのよっ』って、ねえちゃん、気がくるったみたいに、泣きわめいてたって……」

いつも強気《つよき》で、ツンとあごをそらせた感じの理江ちゃんの顔が浮かんだ。昔はよくいっしょに遊んだのに、中学に入ったとたん、なぜかわたし達を全く相手《あいて》にしなくなった。道ですれ違《ちが》っても、口もきかなくなった。カズくんに聞いた話では、放課後《ほうかご》は友達ともいっさいつきあわず、アパートにこもって勉強ばかり。塾にも行ってないのに、ずばぬけて成績がよく、中学の三年間、体育以外、すべてオール5だったって。この学区で一番ランクの高い高校に入ってからも、ずっとトップクラスで、超一流大学《ちょういちりゅうだいがく》を目指してるらしい。

「同じ姉弟《きょうだい》なのに、どうしてこうも違《ちが》うんだろう」「ほんとに血がつながってんの？」

勇人《ゆうと》達とよく、ジョーダン半分に話してた。

理江《りえ》ちゃんがどうして、あんなふうになったかは知らないけど、とにかく、わき目もふらずに勉強一筋《べんきょうひとすじ》だった。その理江《りえ》ちゃんが大学に行くためのお金を、おじさんがギャンブルに……。

「カズ兄《にい》、すぐ真希《まき》ちゃんに電話して、確かめたらしいんだ。そしたら、ゆうべは店が終わった後、おばさんが家に連れてきて、まだ寝《ね》てるって……。びっくりして、『すぐたたき起こして、追い出してくれ』って怒鳴《どな》ったけど、そんなこと無理《むり》だからって、ぐずぐずいいあってるうちに、おばさんが出てきて……『うちはだいじょうぶだから。落ち着くまで、しばらくあずかるから。帰るとこ、ないっていってんのに、かわいそうだろ』って、勝手《かって》に切られちゃったって。その後、何度かけなおしても、ずっと留《る》守電《すでん》のままで、連絡がつかないらしいんだ」

（真希《まき》ちゃんのケータイ……だから、わたしがかけても、通じなかったんだ……）

「いくらなんでも、おばさんがケータイ取りあげたわけじゃないだろうけど、なんで出ないのか、どこにいるのか、まったくようすがわからないから、とりあえず、ちゃんとバイトに出てるか確かめに行って、もしいたら、終わるの待って、住吉台《すみよしだい》の第二公園に連れてきてくれって、頼《たの》まれたんだ」

「カズくんは？」

「カズ兄《にい》は、一度アパートに帰って、おばさんとねえちゃんにくわしい話を聞いてから、なるべく早くそっちに行くって。ねえちゃん、ものすごく興奮《こうふん》して、このままじゃ、何するかわからないから、少し落ち着かせなきゃって……」

「……」

想像《そうぞう》もつかない話に、言葉も見つからなかった。

「おじさん、勝って、今までの負けを、一気に取《と》り戻《もど》すつもりだったんだろうけどな」

勇人《ゆうと》はみょうに冷静《れいせい》な口調《くちょう》でいって、それからハッと思い出したように、わたしの顔を見た。

「な？　そういうわけだから、詩織《しおり》はやっぱり、帰ったほうがいいよ。カズ兄《にい》にも、いわれたし」

これから、どんなことが起きるんだろうと思うと、正直《しょうじき》こわかった。でも、このまま帰っても、きっと一晩中《ひとばんじゅう》気になって、朝まで眠《ねむ》れないに違《ちが》いない。それに、なによりも、真希《まき》ちゃんが心配だった。

「わたしも行く」

答えが返ってくるまでに、何秒かの間《ま》があった。けど、

「わかった。じゃあ、行こう」

きっぱりとうなずいて歩き出した勇人《ゆうと》の後を、わたしは黙《だま》ってついていった。

真希《まき》ちゃんがバイトしてるファミレスの前についたのは、九時四十五分だった。勇《ゆう》

人《と》が入り口の階段をのぼって、店の中のようすをのぞきに行ってる間、（どうぞ、いますように）と祈《いの》るような気持ちで待った。と、すぐに両手でマルを作って、戻《もど》ってきた。

「だいじょうぶ。ニコニコしながら、客と話してた」

「そう、よかった」

「まずは、一安心《ひとあんしん》だな。まだ十五分あるけど、どうする？」

勇人《ゆうと》はそわそわと落ち着かないようすだった。それはわたしも同じ。きっと十五分は、いつもの何倍もの長さに感じるだろう。でも、時間ピッタリに終われない場合もあるし、少し早目に出てくるかもしれない。

「ここで待つしかないいんじゃない？」

「そうだな」

となりの本屋の前のガードレールに、半分おしりを乗せるようなかっこうで、もたれかかった。二人とも、じっと黙《だま》ってた。こんな時、話すことなんて何もないような気がした。昼休み、神山《かみやま》先生に呼《よ》ばれて、あんなに腹《はら》を立てたことも、もうどうでもよかった。

『十五歳《さい》のきみの判断《はんだん》より、大人の判断《はんだん》のほうが正しかったって、後できっとわかるから』

けど、先生の言葉を思い返したとたん、胸《むね》の奥《おく》でカッと火の玉が燃《も》えあがるような激《はげ》しい怒《いか》りを感じた。やっぱり、どうでもよくなんかない！

（大人のほうが正しいんなら、カズくんのおじさんがしたことは、何？　真希《まき》ちゃんのおばさんがしたことも、ほんとうに正しいって、いえるの？　勝手《かって》に、カズくんのおじさんを、家に泊《と》めたりして……）

「おれ、やっぱ高校行くの、やめようかな」

勇人《ゆうと》がとつぜん、ボソッとつぶやいた。

「わたしも、やめよっかな」

思わず、つられて、ため息《いき》まじりの声が出た。でも、うそじゃなかった。もう何もかもが、どうでもいい気がした。

「詩織《しおり》は、だめだよ」

なのに、冷たくつきはなされた。

「えっ、どうしてよ?」

ムキになって問い返すと、それには答えず、前を向いたまま、ぼそぼそとしゃべり始めた。

「おれ、いつだったか、高校、どうしようって、カズ兄《にい》に相談したことあるんだ。そしたら、絶対《ぜったい》行けって……。けど、その後、いろいろ話して、最後は結局《けっきょく》、高校なんて、行っても行かなくてもどっちでもいいんだけどな。おまえがおまえらしく、やりたいようにやってけばって……。でも、おれらしくなんていわれても、わかんねえし……」

「真希《まき》ちゃんも、いってた。カズくん、長野《ながの》に行って、なかなか会えないから、わたしも学校やめて、働こうかなって、チラッといったら、絶対《ぜったい》卒業しろって、怒《おこ》られたって……。自分はセンパイとケンカしたくらいで、さっさとやめちゃったくせにね」

「うん……けど、ほんとはそれ、ちょっと違《ちが》うんだ」

「えっ？」

「杉中《すぎちゅう》の友達かばって、センパイなぐって、謹慎《きんしん》くらったのは事実《じじつ》だけど……それが原因《げんいん》っていうより、思い切ってやめる決心ついたって感じかな？ 前から、すごい迷《まよ》ってたみたいだから」

「どういうこと？」

「おじさんの仕事が減って、生活きびしくなったろ？ おれのおやじがいってた。うちは工務店《こうむてん》だから、不景気《ふけいき》でも、リフォームの仕事とか、そこそこ入るけど、戸建《こだ》ての新築《しんちく》なんて、めったにないし、大きい会社には勝てないし、征《せい》さんみたいな腕《うで》一本の職人《しょくにん》はそれこそお手あげだって……。カズ兄《にい》も『おふくろ、金のことでグチグチいうけど、不況《ふきょう》で仕事ないの、おやじの責任《せきにん》でもねえしな』って、おじさんのこと、ずっとかばってたんだ。『でも、アネキ、おれと違《ちが》って、頭いいから、絶対《ぜったい》大学行かせてやりたい』って……だから、自分が高校やめて、働く決心したって……。なのに、おじさん……」

急にそこで言葉をつまらせて、悔《くや》しそうにくちびるをかんだ。

（知らなかった……カズくん、理江《りえ》ちゃんのこと、「ガリ勉」とか「冷血《れいけつ》」とか、あんなに悪口いってたのに……）

わたしが杉中《すぎちゅう》に入って、しばらくして、一度だけ、理江《りえ》ちゃんと本屋でバッタリ会って、話をしたことがある。

「勇人《ゆうと》と同じクラスになって、また昔みたいに楽しくやってるんだ」

ついなつかしくなって声をかけると、思いもかけない言葉が返ってきた。

「そうみたいね。よく、いっしょにコンビニの前にいるの、見るから。でも、詩織《しおり》ちゃんも、変わってるね。せっかく、あんな立派《りっぱ》な家に住んで、なに不自由ない暮《く》らしができてるのに……お兄さんの亨《とおる》くんだって、私立のいい学校行ってるのに……。中学の受験、失敗《しっぱい》して、ショックだったのはわかるけど、うちのバカ弟や、あんな子達の仲間になるなんて……わたしには理解できない。わたしは、こんな場所から、絶対《ぜったい》抜け出してみせるから」

どこか遠くをにらむように、キッとした目でいった。今考えると、あんなにシャカリキになって勉強した理由は、それだったのかもしれない。そういえば、昔、うちに遊びにきた時も、よくそんなことをいっていた。

「いいなあ、詩織《しおり》ちゃん、こんなすてきな家に住んで、自分の部屋があって。わたしも大きくなったら、絶対《ぜったい》広い一軒家《いっけんや》に住むんだ」って――。

でも、わたしはカズくんや勇人《ゆうと》のアパートのほうが、よっぽどうらやましかった。うちより確かにせまいけど、いつも近所の人が遊びにきたりして、すごくにぎやかで楽しそうで……。

考えたら、理江《りえ》ちゃんと口をきいたの、あれが最後かもしれない。カズくんを「バカ弟」なんていって、わたしももう、理江《りえ》ちゃんとは、はっきり考えが違《ちが》うんだって思ったから……。

でも、カズくん、心の中では、ずっと理江《りえ》ちゃんのこと、応援《おうえん》してたんだね。

「どうして、高校やめちゃったの？」って聞いた時、

「おれ、ちゃんとした目標持ってなかったからな。ただ、みんなが行くから行こうみたいな、いい加減《かげん》な気持ちでさあ」

そういって、アハハと笑った。

（でも、ほんとは、やめたくなかったんだ……だから、みんなに、あんなに行け行けって、うるさくいうんだ……）

あの時のカズくんの、あっけらかんとした笑い声を思い出したら、胸《むね》がしめつけられそうになった。そして、改《あらた》めて、おじさんへの激《はげ》しい怒《いか》りがわいてきた。

「どうしたの？　こんなとこで……」

とつぜんの声にハッとわれにかえると、すぐ目の前に真希《まき》ちゃんが立っていた。心の準備ができてなくて、思わずあせった。

「あっ、バ、バイト、終わったの？」

「終わったわよ。もう十時過ぎたから。こんな遅《おそ》くまで帰らなくて、だいじょうぶなの？」

チラッと責めるような視線《しせん》を勇人《ゆうと》に向けた。

「あ、おれら、カズ兄《にい》に、頼《たの》まれて……真希《まき》ちゃんのバイトが終わったら、第二公園に連れてきてくれって」

「えっ、どういうこと？　カズ、帰ってきてるの？」

真希《まき》ちゃんの表情が、とつぜんけわしくなった。

「三十分くらい前、駅から電話があって……今、アパートでおばさん達と話してると思うけど……なるべく早く、そっち行くからって」

「まさか、おじさんのこと、あんた達に話したの？」

よほど驚《おどろ》いたのか、目を大きく見開いた。

「ケータイ、ずっと留守電《るすでん》になってて……連絡つかないからって……」

「だからって、なんで、あんた達に……」

今にも悲鳴《ひめい》をあげそうな、ひどく混乱《こんらん》したようすだった。けど、

「とにかく、直接会って、話してよ」

勇人《ゆうと》の言葉に、決心したようにうなずくと、なおも重苦《おもくる》しい表情のまま、ゆっくりと歩き出した。


公園について、カズくんと約束《やくそく》したという水飲み場の横のベンチにすわった。と、五分も待たないうちに、ハアハア息《いき》を切らせて走ってきた。すごく興奮《こうふん》したようすで、真希《まき》ちゃんの顔を見るなり、大声で怒鳴《どな》った。

「なんで、ケータイに出ないんだよっ！　おばさんに取りあげられたのか？」

「そうじゃないけど……あのまま話しても、ややこしくなるだけだから、少し時間あけたほうがいいって、かあさんにいわれて……」

真希《まき》ちゃんはいつになくおろおろした声でいった。

「なんで、おばさんのいうことなんか聞くんだよっ。おかげで、こいつに、よけいな手間《てま》とらせて……」

チラッと勇人《ゆうと》のほうに目を向けた瞬間《しゅんかん》、初めて、わたしに気づいたらしく、

「なんで、詩織《しおり》がいるんだよっ！　詩織《しおり》はまきこむなっていっただろっ！」

さらに大きな、雷《かみなり》みたいな声で怒鳴《どな》った。その迫力《はくりょく》に思わず体がビクッと震《ふる》えた。今まで見たこともないようなこわい目で、じっと勇人《ゆうと》をにらんでる。

「わたしが無理《むり》やり話を聞いたのっ」

あわてて勇人《ゆうと》の前に、飛び出した。

「勇人《ゆうと》は帰れっていったのに、真希《まき》ちゃんが心配で、勝手《かって》についてきたの。ごめんなさい」

カズくんは困《こま》ったように真希《まき》ちゃんを見た。真希《まき》ちゃんも、黙《だま》って、カズくんを見返した。その瞬間《しゅんかん》、来ちゃいけなかったんだって気がついた。勇人《ゆうと》には話せても、わたしには知られたくないことがあるって……。

「ごめんなさい。わたし、帰るから……」

思わず、涙《なみだ》がこぼれそうになって、急いで背中を向けた。と、

「いいの、ありがとう、詩織《しおり》。心配かけて、ごめんね」

真希《まき》ちゃんが、わたしの腕《うで》をギュッとつかんだ。そして、そのまま、二人いっしょにベンチにすわった。カズくんはホーッとため息《いき》をついて、チラッとケータイで時間を確かめると、あきらめたように話を始めた。

「おやじ、まだ真希《まき》のうちにいるのか？」

「学校が終わって、直接バイトに行ったから、わからないけど……たぶん、店だと思う。きのうも、夜は店に飲みに行ったから……」

真希《まき》ちゃんの答えを聞いたとたん、

「あのくそおやじっ！　ひきずり出してやるっ」

カズくんの目が燃《も》えるようにギラギラ光った。

「やめてっ」

真希《まき》ちゃんがあわてて立ちあがった。

「なんでだよっ」

「だって、他のお客さんもいるし……」

「けど、このままじゃ、おまえだって、安心して家にいられないだろっ」

「だいじょうぶ……これ以上、よけいなゴタゴタを起こしたくないの」

今にも泣きそうな声で、なだめるようにいった。

「ほんとに、わたしは、だいじょうぶだから。今帰っても、カズんち、また大騒《おおさわ》ぎになるだけでしょ？　もう少し落ち着くまで、おじさん、うちにいたほうがいいって、かあさんもいってるし……」

「おばさん、おかしいんじゃないか？　よそのだんな、家に泊《と》めたりして、またヘンなうわさが広がるだろっ。おまえにだって、そんなメーワクはかけられない。これは、おれんちの問題なんだから」

「おれんちの問題」——といった時、カズくんの怒《いか》りがまためらめら燃《も》えあがったように見えた。

「お願いだから、落ち着いて。ね、カズ、少し時間あけたほうがいいから……今行ったら、きっとたいへんなことに……」

真希《まき》ちゃんは必死《ひっし》にとめようとした。けど、

「安心しろ。手荒《てあら》なことはしないから。連れて帰るだけだから」

カズくんはガンとして聞こうとしなかった。そして、とつぜん思い出したように、わたしと勇人《ゆうと》を見た。

「おまえらは、もう帰れ。勇人《ゆうと》、悪かったな。詩織《しおり》のこと、頼《たの》むな」

これ以上、何もいわせない迫力《はくりょく》があった。勇人《ゆうと》も、それを感じたのだろう。黙《だま》ってうなずくと、

「行こうか、詩織《しおり》」

先に立って歩き出した。

カズくんの顔を見た。真希《まき》ちゃんの顔を見た。心配だった。でも、これ以上、わた

しがここにいて、できることは何もない。

勇人《ゆうと》の後を追って、公園を出た。しばらく、黙《だま》って歩き続けた。そして、裏通《うらどお》りをぬけた角にあるコンビニの前で、急に思いついてパタッと足をとめた。

「ねえ、カップめん、食べていかない？」

ここならたぶん、杉中《すぎちゅう》の知ってる子に会う心配はないだろう。

「えっ、けど、十時半、過ぎたぜ。時間、だいじょうぶかよ？」

「なんか、疲《つか》れた。それに、少し寒くなったから、あったかいもん食べたい」

勇人《ゆうと》は、二、三秒の間、じっと考えるような表情――この顔、きょう、何度目だろう？　――をしてから、

「よしっ、じゃあ、食《く》ってくか」

ニカッと笑って、うなずいた。

カップめんを買って、レジでお湯を入れてもらうと、裏通《うらどお》りを少し戻《もど》った人目につかない場所にしゃがみこんだ。そして、ふうふういいながら、めんをすすった。

「けど、カズ兄《にい》も、ほんと、たいへんだよな」

一息《ひといき》つくと、改《あらた》めて思い出したように勇人《ゆうと》がいった。

「うん……でも、ちょっとうらやましいな」

「えっ、なんでだよ？」

「だって、真希《まき》ちゃんのこと、あんなに心配して、飛んで帰ってきて……」

「そりゃあ、自分の親が原因《げんいん》なんだから、トーゼンだろ」

「そうだけど……何があっても、二人で助けあえるっていうか……ますます絆《きずな》が強くなるっていうか……」

「何いってんだよ、こんな時に」

「ごめん……」

（でも、わたしがほんとうに死にそうにつらい時、誰《だれ》が助けてくれるんだろう？）

「ねえ、勇人《ゆうと》、自分の親や家族——っていっても、勇人《ゆうと》は一人っ子だから、親だけど——嫌《きら》いだって思ったことある？」

「なんだよ、いきなり」

「いいから、答えて」

「そうだなあ……ムカつくのはしょっちゅうだけど、嫌《きら》いって思ったことは……」

「ないよねえ。勇人《ゆうと》のおじさんも、おばさんも、すごくいい人だもん。わたし、勇人《ゆうと》の家に生まれたかったたな」

「なんでだよっ、あんなきったねえアパート」

いいながら、口の中のめんを、ブッと吹《ふ》き出《だ》しそうになった。

「わたし、引っ越してきた時からずっと、勇人《ゆうと》のおばさん、大好きだったんだ」

「あんな貧乏《びんぼう》くさいババアが？」

「また、そういうこという」

ギロッとにらんだら、アハハと笑った。

「覚《おぼ》えてるでしょ？　小さいころ、勇人《ゆうと》んちにいくと、いつもおやつ、出してくれたの。その中で、わたしが一番うれしかったの、なんだかわかる？」

「どうせ、ろくなもん、なかったろ」

たいして興味《きょうみ》なさそうに、ずるずるとめんをすすった。

「こっちきて、二度目の夏だったから、小学校一年の夏休み。ものすごーく暑い日に、みんなで公園で遊んで、のどかわいたから、麦茶もらいに、勇人《ゆうと》んちに行ったの。そしたら、おばさんが、麦茶より、いいものがあるって、冷凍庫《れいとうこ》に入ってた大きな氷を、アイスピックでカンカンって割って、『ハイ、アーンしな』って、一人ずつ、口の中に入れてくれたの。びっくりするくらい、冷たくて、でも、冷たすぎて、ずっと口に入れていられないから、時どき手のひらに出して、みんなで大きさくらべっこしてから、また口に入れて……。あんなの、初めてだったから、すっごくおいしくて、すっごく楽しかった」

「そんなことあったっけ？　覚《おぼ》えてねえよ」

「勇人《ゆうと》には、めずらしくないことだからね。勇人《ゆうと》って、ほんと幸せだよ。あんないいお母さんがいて……」

「なんだよ。氷ぐらい、いつでも食《く》わせてやるよ」

ぶっきらぼうないい方《かた》に、

「やーだ、なに照《て》れてんの？」

思わずクスクス笑ってしまった。気がつくと、さっきよりずいぶん気持ちが明るくなっている。残りのめんをすすって、スープを最後の一滴《てき》まで飲むと、（よしっ！）と気合をいれて立ちあがった。そして、気が変わらないうちに、カバンからケータイを出して、メールを入れようとした――けど、すぐに思い直して、直接電話番号をおした。呼《よ》び出《だ》し音《おん》が一回鳴っただけで、

「詩織《しおり》？　どこにいるのっ」

ママの怒鳴《どな》り声が耳もとでわんわん響《ひび》いた。聞いた瞬間《しゅんかん》、なぜかみょうにホッとした。

「今から、帰るから」

一言いって、スイッチを切った。

玄関《げんかん》を開けたとたん、どんな光景《こうけい》が待ってるか、考えただけで、気が重い。でも、もしママが、塾をサボったことを知らなかったとしても、正直《しょうじき》に話そう。受験のことも、自分で責任を持って決めるからと、はっきりいおう。どんなにわずらわしくても、自分の問題くらい、逃《に》げずにちゃんと引き受けよう――そんな覚悟《かくご》がついた気がした。

つぎの日、学校に行って、二十分休みに勇人《ゆうと》と屋上《おくじょう》で話した。

「ゆうべ、あれから、だいじょうぶだったか？」

「うん、まあ……」

玄関《げんかん》を開けると、予想通《よそうどお》り、正面のあがりかまちにママが立っていた。

「ただいま」

小さな声でボソッというと、待ってたようにキャンキャン怒鳴《どな》られると思ったのに、

「お帰り……ごはんは？」

静かに聞かれて、びっくりした。

(うそっ、なんで?)

一瞬《いっしゅん》あせったけど、すぐに(そっか)と気がついた。もしかしたら、神山《かみやま》先生にアドバイスされたのかもしれない。「頭ごなしに怒《おこ》ったりするのは、逆効果《ぎゃくこうか》ですよ」とかなんとか……。いかにも先生のいいそうなことだ。それにしても、白《しら》じらしい。無《む》理《り》して、必死《ひっし》に我慢《がまん》してる顔を見たら、

(いいたいことがあるんでしょ? だったら、いえばいいじゃん。こそこそ学校に相談に行ったりして……)

一度おさまってた怒《いか》りが、急にまた甦《よみがえ》ってきた。せっかく正直《しょうじき》に、冷静《れいせい》に話そうと思って帰ってきたのに……その気持ちがいっぺんに吹《ふ》き飛《と》んだ。

「食べた」

靴《くつ》をぬいで、さっさと横をすりぬけた。部屋に戻《もど》るとちゅう、ぐうぜんなのか、わざとなのか、となりの部屋から出てきたおにいちゃんとバッタリ鉢合《はちあ》わせした。何かいいたそうな顔をしたから、ギロッとにらんだら、何もいわず、トイレに入っていった。

（なんなのよ、まったく！）

大声でわめき散らしたい気持ちをおさえて、部屋に入った。そして、はっきりと思い知らされた。

わたしには、カズくんや真希《まき》ちゃんみたいなドラマチックなできごとも、勇人《ゆうと》んちのような、ほのぼのとしたあったかさも、まるで無縁《むえん》なんだって――。勇人《ゆうと》と話して、少し元気になって、カズくんや真希《まき》ちゃんに負けないよう、わたしもがんばらなきゃって張り切ってた気持ちが、風船に穴《あな》が開いたように一気にしぼんだ。わたしは自分の家族に、もう何も期待《きたい》しない。くらべても、悲しくなるだけだから、親や兄妹《きょうだい》のことなんて、もうどうでもいい……。

「それより、カズくん達は？」

パッと気持ちを切りかえて、勇人《ゆうと》に聞いた。

「あの後、どうなったか、知ってる？」

「うん……あれから、おじさんを無事《ぶじ》アパートに連れて帰ったって、カズ兄《にい》から、今朝《けさ》連絡があった。いろいろたいへんだったみたいだけど……っていうか、これから、すげえたいへんだけど……理江《りえ》ちゃんのお金のことも、まだどうなるか、わかんないみたいで……」

「そう……真希《まき》ちゃんは？」

「カズ兄《にい》のおじさんが帰ったから、とりあえずは安心なんじゃない？」

「そうだね……よかった。真希《まき》ちゃん、後五日で誕生日だから、カズくんのプレゼント、きっとものすごく楽しみにしてると思うんだ」

あれは九月の連休前に、カズくんがこっちに帰ってきて、長野《ながの》に戻《もど》ったつぎの日のこと。久しぶりに真希《まき》ちゃんと、いつもの駐車場《ちゅうしゃじょう》の横の石段にすわって、夜空の月をながめてた。

「そういえば、『たくさんのお月さま』の話、カズくんにもしたんでしょ？」

急に気になって聞いたら、

「やだ、話すわけないじゃん」

意外《いがい》な答えが返ってきた。

「えっ、どうして？」

「あんな子どもっぽい話、笑われるに決まってるもん」

「そんなことないよ。そうだ！　話して、今度のお誕生日のプレゼントに、お月さまがほしいって、頼《たの》んでみたら？」

「やーだ、詩織《しおり》ったら……」

最初はケラケラ笑ったけど、

「そうねえ。お月さまみたいな小さな金のペンダント。いいかもね。もちろん、今はまだ本物じゃなくて、イミテーションの」

まるで小さなお姫様《ひめさま》のように目をキラキラさせて、本物の月をうっとり見あげてた。

あの後、どうなったのか聞いてないけど、もしかしたら、ほんとに頼《たの》んだかもしれない。

「でも、こんなたいへんなことになったから、カズくん、プレゼントを用意するどころじゃないかもね。ま、今年がだめなら、また来年頼《たの》めばいいんだし……ほんとはプレゼントなんて、どうでもいいんだよね。大切なのは、心だから……」

つい夢中《むちゅう》になって、一人でしゃべってると、

「やっぱり、真希《まき》ちゃんに聞いてないんだな」

勇人《ゆうと》がなぜか急に、おしころしたような声でいった。

「えっ、何を？」

「ほんとは、真希《まき》ちゃんから直接聞いたほうがいいと思うけど……」

なんだか、みょうにいやな胸騒《むなさわ》ぎがした。

「だから……何を？」

「あ、いや、じつはさ……今まで、詩織《しおり》には、いえなかったんだけど……でも、どうせ、いつか、わかっちゃうことだから……」

なおも煮《に》え切《き》らないようすで、ごちゃごちゃいってから、やっと決心したように、

その言葉を口にした。

「カズ兄《にい》、長野《ながの》で彼女《かのじょ》ができたんだ」

「えっ？」

聞《き》き違《ちが》いか、ジョーダンか——でも、こんな時に、まさか、ふざけたりするわけがない。

「おれら、マー坊《ぼう》とオカッチと三人で、夏休みに長野《ながの》に遊びに行こうとしたって、話したろ？　もちろん、ホテルに泊《と》まるのは無理《むり》だと思ったから、寝袋《ねぶくろ》持って、近くで野宿《のじゅく》するからって。けど、カズ兄《にい》、めちゃめちゃ忙《いそが》しくて、おまえらの相手《あいて》するひまないから、九月になってからにしろって、いわれて……九月になって、『いつなら、いいの？』って、何度も電話したけど、ずっとはっきりしない返事でさ。前は『いつでも来い。寝《ね》るとこなんか、どうにでもなる』っていってたのに……へんだなと思って、『学校サボッて、勝手《かって》に行くから』っていったら、すげえあわてて、『じつは、こっちでつきあってる相手《あいて》がいて……』って、やっと白状《はくじょう》したんだ」

「うそでしょう……？」

「おれも、びっくりして、真希《まき》ちゃんは知ってるのか聞いたら、その時はまだ話してないって。『今度、そっち帰ったら、ちゃんと本人に話すから』って……九月の終わりの連休の前、一日だけ帰ってきて、おれらには会わなかったけど、その時話したみたい……」

勇人《ゆうと》はそこで口をつぐんで、つらそうにうつむいた。

「そんなの、絶対《ぜったい》うそだよっ」

思わず、大声でさけんだ。

「きのうだって、真希《まき》ちゃんのこと、あんなに心配して……顔見たとたん、あんなに怒《おこ》って……あれって、真剣《しんけん》に愛してる証拠《しょうこ》でしょっ？」

「おれも、ゆうべはそう思った。カズ兄《にい》から電話もらって、二人のようす見て……やっぱ、だいじょうぶなんだって……。でも、今朝《けさ》、電話でそのこと聞いたら、『真希《まき》には、ほんと悪いことした。つきあってた時なら、まだしも、今になって、家族のことで、こんなメーワクかけたくなかった』って……」

『おれんちの問題だから』『おまえにそんなメーワクかけられないから』

ゆうべのカズくんの言葉を、ハッと思い出した。まさか、あの時は、そんな意味だなんて考えもしなかった……。

そういえば、バイト先の店の前で会ってから、真希《まき》ちゃんのようすもずっとへんだった。もし、勇人《ゆうと》の話がほんとなら、ゆうべ、真希《まき》ちゃん、どんな気持ちでカズくんに会ったんだろう？　どんな気持ちで、カズくんの言葉を聞いたんだろう？　それより、酔《よ》っ払《ぱら》ったカズくんのおじさんを、おばさんが家に連れて帰ってきた時、どんな気持ちだったんだろう？

「おれ、思ったんだけどさ、やっぱ遠距離恋愛《えんきょりれんあい》って、むつかしいのかなって……どんなに好きでも、そばにいてほしい時、いないんじゃ……」

勇人《ゆうと》がもごもごといった。

（エンキョリレンアイ……？）

まるで意味の通じない外国語のようだった。

「なにそれ？　カズくんと真希《まき》ちゃんは、そんなありきたりな関係じゃないのよ。あの二人は特別なんだから。真希《まき》ちゃんは、絶対《ぜったい》幸せにならなきゃだめなの。そうしてあげられるのは、世界中にたった一人、カズくんだけなの。なのに、なんでなの？」

いってるうちに、涙《なみだ》がジワッとこみあげてきた。

勇人《ゆうと》は長いこと、わたしの顔をじっと見ていた。それから、とつぜん怒《おこ》ったような声でいった。

「おれ、前から思ってたけど、真希《まき》ちゃん真希《まき》ちゃんて、詩織《しおり》、ちょっとおかしいんじゃないか？」

「えっ、どうしてよ？」

びっくりして、聞き返した。

「真希《まき》ちゃんは、わたしの理想の夢なんだから。カズくんと真希《まき》ちゃんが、ずっと愛しあっていくことが、わたしが考える最高の幸せなんだから」

「それがおかしいっていうんだよっ！」

とつぜん、カンシャク玉を破裂《はれつ》させたような声で怒鳴《どな》った。

「おまえ、幼稚園《ようちえん》の時、カズくんのお嫁《よめ》さんになるんだって、いつもいってたろ？　けど、真希《まき》ちゃんが現《あらわ》れたら、絶対《ぜったい》かなわないから、あきらめたって。ジョーダンみたいにいってたけど、ほんとはカズ兄《にい》のこと、マジで好きだったろ」

「どうして、そんなこと思うのよ？」

びっくりして、勇人《ゆうと》の顔をにらみ返した。

「じゃなきゃ、こんなに、こだわるの、おかしいからだよ。真希《まき》ちゃんなら、あきらめられるけど、よその知らない女にカズ兄《にい》、とられたくないんだろっ」

とっさに返す言葉が見つからなかった。

（まさか、勇人《ゆうと》が今まで、そんなふうに思ってたなんて……いつから？　いつから、そんなふうに思ってたんだろう？）

「違《ちが》う。ほんとに、わたしは真希《まき》ちゃんが……」

涙《なみだ》で声がつまって、それ以上はいえなかった。

「わかったよ。もういいから……けど、自分はどうなんだよ？　他人の幸せがどうたらいって、ごまかすなよ」

ナイフみたいに鋭《するど》い目だった。勇人《ゆうと》がそんな目でわたしを見たのは初めてだった。

いつもずっと味方《みかた》してくれたのに……どうしたらいいのかわからなかった。

「なによっ。なんで、あんたがそんなことというのよ。あんたなんかに、カンケーないでしょっ！」

頭の中が真っ白になって、思わず大声で怒鳴《どな》ったとたん、勇人《ゆうと》のまゆがピクッと動いた。

「そうだな……カンケーねえよな」

ヘラッと笑うと、背中を向けてパッとかけ出していった。

（なんなのよ？　カズくんも勇人《ゆうと》も……なんで、みんなで寄《よ》ってたかって、こんな意《い》地悪《じわる》するのよ……）

放心状態《ほうしんじょうたい》のまま、どのくらい、そこに立ってたろう？

「おい、とっくにチャイムが鳴ったぞ」

見回りの先生の声に、あわてて教室に戻《もど》った。


昼休みまでの二時間の授業の間、何度か質問されて答えたような気もするけど、よく覚《おぼ》えていない。ただ、勇人《ゆうと》から聞いたカズくんの話と、まるで見当違《けんとうちが》いの、いいかりとしか思えない言葉の数かずを、ひたすらエンドレステープのように、頭の中でくり返した。けど、カズくんのことは、どうしても信じられなかった。

学校が終わったら、すぐ真希《まき》ちゃんに連絡して、直接確かめに行こう――そう思ったつぎの瞬間《しゅんかん》、でも、万一、ほんとなら？　大きな不安がおそってきた。やっぱり、こわくて、とてもそんな勇気は持てそうになかった。

四時間目が終わって、ぼんやり自分の席にすわってると、

「シオちゃん、だいじょうぶ？」

遠慮《えんりょ》がちに、紺《こん》ちゃんが声をかけてきた。あわててハッと顔をあげた。

（きのう、公園であんなふうに別れたきり、カズくんや真希《まき》ちゃんのことで頭がいっぱいで、完全に忘《わす》れてた……）

「もしかして、ずっと心配してくれてたの？」

「だって……わたし、一人で先に帰っちゃったから、あの後、どうしたかなって……きょうも朝から、なんとなくようすがへんだし」

「ごめん……きのうは、ほんとにありがとう。お礼もいわずに、ごめんね」

あわてて、あやまると、

「やだ、シオちゃんたら、お礼だなんて……でも、そうね。今度、また公園でおやつを食べる時、何かおごってもらおうかな」

いたずらっぽい目で、クスッと笑った。いつものおだやかな笑顔だった。

（よかった。まだここに一人、大切な味方《みかた》がちゃんといたじゃない）

そう思うと、気持ちがスッと軽くなった。そして、

（だめだな、わたし。いつも誰《だれ》かにあまえて……もっとしっかりしなきゃ）って、反《はん》省《せい》した。

勇人《ゆうと》と口をきかないまま、二日が過ぎた。こういう時、同じクラスじゃなくて、ほんとによかったって思う。コトブキ寿司《ずし》の駐車場《ちゅうしゃじょう》にも、もちろん行っていない。真希《まき》ちゃんのことが気になって、さり気《げ》なくメールでも入れてみようかと思ったけど、いざとなると、なんて書けばいいのか、うまく言葉が見つからないまま、ずるずると時間がたってしまった。

放課後《ほうかご》、じっと家にいても気持ちが落ちこむだけだから、きょうは塾に行こうとバス停《てい》に向かうとちゅう、

「詩織《しおり》」

とつぜん名前を呼《よ》ばれて、ふり向くと、なんとカズくんだった。とっくに長野《ながの》に帰ったと思ってたから、びっくりして、ひどくあわててしまった。

「こないだは、心配かけて悪かったな」

けど、カズくんは、三日前のできごとがまるでうそだったみたいに、いつもと変わらないようすだった。わたしもいつも通り、自然に——と、必死《ひっし》に自分にいい聞かせた。

「おじさん、アパートに帰ったって、勇人《ゆうと》に聞いたけど……」

「うん……あの晩は、そのまま寝《ね》ちまったけど、きのう、起きて、しらふになってから、さっきまで、丸二日かけて、おふくろとアネキと四人でみっちり話しあったんだ。いわゆる家族会議って、やつ？　おやじはほとんどしゃべんなかったけど、おふくろがもう限界《げんかい》だからって、結局《けっきょく》、離婚《りこん》することになった」

「離婚《りこん》？」

「そう……こんなことの後じゃ、今のアパートにいづらいからって、パートの稼《かせ》ぎ増やして、少し離《はな》れた場所に引っ越すって」

びっくりするほど、サバサバした口調《くちょう》だった。

「……で、理江《りえ》ちゃんは？」

おそるおそる聞いた――と、急に暗い顔になって、ふうっとため息《いき》をついた。
「アネキはまだ、とうぶんショックから立ち直れそうにないみたいだな」
「そりゃ、そうだよね」
「でも、せっかくここまで頑張《がんば》ったんだから、予定通り、受験はしたほうがいいって
いったんだ。おふくろ、ここんとこ、ちょくちょく、茨城《いばらぎ》のばあちゃんに、金送って
もらってたらしいけど、もし、受かったら、ばあちゃんもできるだけ協力するし、奨《しょう》
学金《がくきん》のことも調べてみろって。おれもせっせと働くから、万一《まんいち》今年だめでも、来年が
んばって、絶対《ぜったい》大学行けって……ま、そうやって、いろいろ話してるうちに、少しず
つ気持ちが落ち着いてきたみたいだけどな」
「理江《りえ》ちゃん、カズくんみたいな弟がいて、幸せだね」
思わず、ポツッとつぶやくと、
「だって、しょうがねえだろ。おやじがあんなじゃ、おれがしっかりしなきゃ」
ニヤッと笑って、肩《かた》をすくめた。

「おじさんは？　どうなるの？」

「おやじは男だし、その気になれば、いくらでも仕事はある——っていっても、なかなかきびしいけど……まあ、おれが心配しなくても、なんとかやってくだろ。やってってもらわなきゃ、困《こま》るし。なんせ、まだ四十になったばっかだからさ。病気にでもなったら、メンドーみるけど……。さすがに今度のことで、ちょっとは懲《こ》りたんじゃないかな。そう願いたいよ」

そういって、ため息《いき》まじりに、またニヤッと笑った。

（カズくんて、やっぱすごいなあ）って、改《あらた》めて思った。

「いつまで、こっちにいるの？」

「ほんとは、もう二、三日いたいけど、週末休むと、職場《しょくば》のみんなに迷惑《めいわく》かけるから、今夜、帰る」

「そう……」

（また、遠い長野《ながの》に行っちゃうんだ……）

勇人《ゆうと》がいった「遠距離恋愛《えんきょりれんあい》」って言葉が頭をよぎった。

（真希《まき》ちゃんのこと、聞いてみようかな？）

チラッと思ったとたん、心臓《しんぞう》が破裂《はれつ》しそうなくらい、ドキドキ鳴り出した。

「いろいろ心配かけて、悪かったな。じゃ、詩織《しおり》も元気で、勉強がんばれよ」

ポンと肩《かた》をたたいて歩いていった――その後《うし》ろ姿《すがた》を見てるうちに、とつぜん不安になって、思わず大声で呼《よ》びとめた。

「カズくん、またここに帰ってくるよねっ」

ふり向いて、一瞬《いっしゅん》、わたしの顔をじっと見つめた。それから、すぐにニコッと笑っていった。

「あたりまえだろ。引っ越すったって、せいぜい駅の向こうくらいだし、詩織《しおり》や勇人《ゆうと》にメーワクかけた穴《あな》うめ、今度絶対《ぜったい》するから、楽しみに待ってろよ」

ヒラッと頭の上で手をふって、大股《おおまた》で歩いていった。

（真希《まき》ちゃんのことは？　どうして、何もいわないの？）

追いかけて、問《と》い詰《つ》めたい気持ちを必死《ひっし》にこらえた。自分でも、なぜだかわからない。今までなら、絶対《ぜったい》そうしたはずなのに……。

真希《まき》ちゃんの夢が遠ざかってく。そう思うと、胸《むね》がしめつけられそうにつらかった。でも、わたしが今、追いかけて呼《よ》び戻《もど》しても、もうどうにもならない――心のどこかで、自分にそういい聞かせる声がした。

『他人の幸せがどうたらいって、ごまかすなよ』

勇人《ゆうと》がいった言葉のせいだ。

(でも……だったら、わたしの幸せって、なに?)

『自分らしくっていわれても、わかんねえし』

真希《まき》ちゃんの店の前で、高校の話をした時、勇人《ゆうと》だっていってたくせに……わたしにばっかり偉《えら》そうにいって……だったら、答えを教えなさいよ。

気がつくと、暮《く》れかけた道の真ん中に、一人ポツンと立っていた。こんなところで、いくら泣いても、わめいても、だれも助けてくれない。紺《こん》ちゃんの笑顔《えがお》がポッと浮かんだ。でも、彼女《かのじょ》にもあまえてばかりはいられない。彼女は今ごろきっと、塾の教室で、机の上に広げた問題集に真剣《しんけん》に取り組んでるだろう。

来週の中間テストまで、後五日。たまには死にものぐるいで、勉強してみようかな――今はそれより他に、このつらくて悲しい気持ちを乗りこえる方法を思いつけそうになかった。

塾から帰った後は、久しぶりに夜中の二時過ぎまで勉強した。土曜日も、十時に起きて、朝ごはんの後、すぐに机に向かった。と、しばらくして、遠慮《えんりょ》がちにドアをノックする音が聞こえた。ママならこんなたたき方《かた》をしないし、返事を待たずにさっさと入ってくる。ふしぎに思って、ふり向くと、ドアのすき間《ま》から、おにいちゃんが顔を出してて、びっくりした。

「ちょっと、いいかな?」

おにいちゃんと話をするなんて、食事中か、リビングでテレビを観《み》てる時か……どっちにしろ、たいした内容じゃないし、最近はそれもほとんどなくなってたのに、わざわざ部屋にくるなんて……。

（まさか、ママに何か、頼《たの》まれたわけじゃないでしょうね）

「勉強中なんだけど……」

冷たく返事すると、

「そうだよな。どうしようか、さんざん迷《まよ》ったけど……やっぱり、きょうのうちに、詩織《しおり》にはちゃんと話しといたほうがいいと思って……」

ドアの外に立ったまま、もごもごと、いいわけがましくいっている。

（まったく！　高二にもなって、二コ下の妹に、こんなしゃべり方《かた》するアニキなんている？）

無性《むしょう》にイライラして、

「なんなのよ、用があるなら、早くいってよ」

思わず怒鳴《どな》ると、

「うん……」

やっと決心したように、ドアを閉めて、部屋の中に入ってきた。そして、落ちつかなげにベッドのふちに腰《こし》をおろすと、

「ほんとに、こんな時に、ごめんな……何日も迷《まよ》って、詩織《しおり》にはどうしても、報告《ほうこく》っていうか、知っといてほしいって……」

なおも歯《は》切《ぎ》れの悪い口調《くちょう》で、ごちゃごちゃとわけのわからないことをいった。

「報告《ほうこく》？　って、なんの？」

キッとにらみ返すと、また一瞬《いっしゅん》、ためらうような間《ま》の後、

「じつは、上原《うえはら》の真希《まき》ちゃんのことだけど……」

おずおずと口を開いた。

「えっ、真希《まき》ちゃんのこと？」

思いもかけなかった言葉に、びっくりした。

「一か月くらい前、久しぶりに駅の近くでバッタリ会って……」

「バッタリ会って……どうしたの？」

思わずイスから立ちあがって、ベッドの前の床《ゆか》にすわった。

「うん……あんまり元気ないから、心配になって……いろいろ話したんだけど……」

その先は、いいにくそうに口をつぐんだ。

「……もしかして、カズくんのこと？」

おそるおそる聞いたとたん、

「なんだ、知ってたのかあ」

急に肩《かた》の力がぬけたような、ホッとした表情になった。

「そっか……真希《まき》ちゃん、もう詩織《しおり》に話したんだ」

「違《ちが》う。おととい、勇人《ゆうと》から聞いたの。でも、どうしても信じられなくて……カズくんが、長野《ながの》で好きな人ができたなんて……」

そこまでいって、あわててハッと口をふさいだ。

（もし、そのことじゃなかったら……）

そして、かすかな期待《きたい》をこめて、確かめた。

「真希《まき》ちゃんから聞いた話って、それ？」

おにいちゃんは黙《だま》って、こくんとうなずいた。

「ほんとに、真希《まき》ちゃんがそういったの？　だったら、どうして、その時、教えてくれなかったの？」

思わず、膝《ひざ》をつかんで、乱暴《らんぼう》にゆすった。

「あ、いや……真希《まき》ちゃんに止められたんだ。もう少し落ち着くまで、詩織《しおり》には黙《だま》っててくれって……」

「どうして？」

（どうして、みんな、そうなの？　勇人《ゆうと》も、一か月以上、かくしてたし……カズくんも、今度のおじさんのこと、「詩織《しおり》はまきこむな」って……これでも、自分なりに一生懸命《いっしょうけんめい》、みんなのことを考えてきたつもりなのに……まるで、役立たずのピエロじゃない！）

「わたしって、そんなに頼《たよ》りない？　信用されてないの？」

「そうじゃないよ。けど、詩織《しおり》、思いこんだら、一直線に突っ走るとこあるから……。前にもいったろ？　小さいころから、納得《なっとく》できないことは、絶対《ぜったい》しなかったよなって……でも、そうもいかないこともあるから……」

「なによっ、わかったふうな口きかないでよっ！」

悔《くや》しいけど、いわれた意味は、わかるような気もした。けど、やっぱり納得《なっとく》できないことはできないし、したくもない。

「じゃあ、どうして、きょう話そうと思ったの？　きょうのうちに報告《ほうこく》って、どういうこと？」

急にさっきの言葉を思い出して、問《と》いつめた。すると、なぜかとつぜん、ピンと背すじをのばしてちょっと緊張《きんちょう》した、改《あらた》まった口調《くちょう》でいった。

「詩織《しおり》も知ってると思うけど、あした、真希《まき》ちゃんの誕生日なんだ」

（えっ？）

聞いた瞬間《しゅんかん》、ハッとした。

（そうだ……十月十八日）

三日前に勇人《ゆうと》と屋上《おくじょう》で話した時は、ちゃんと覚《おぼ》えてたのに……あの後、それどころじゃなくなったから……。

「で、プレゼントを贈《おく》ろうと思ってるんだ」

「えっ、誰《だれ》が？」

びっくりして、思わず顔を見返した。

「だから、ぼくがだよ」

わたしの目をまっすぐに見て、いつになく、きっぱりとした声でいった。

「試験前じゃなかったら、ほんとはいっしょに買い物につきあってほしかったけど、無理《むり》だろ？　だから、真希《まき》ちゃんに頼《たの》まれたのが、どういうものか、詩織《しおり》に教えてほしいと思って……」

「真希《まき》ちゃんに頼《たの》まれた……？」

（……まさか……うそでしょう？）

頭の中が真っ白になった。急いで机の引き出しの宝石箱を取り出して、指輪や、イヤリングや、ブローチの中から、青いサファイヤ――もちろんただのガラス玉だけど――のペンダントをつまみあげて、おにいちゃんの鼻先《はなさき》につきつけた。

「もしかして、こんなペンダント？　これはサファイヤだけど、お月さまの代わりの、小さな金の……」

とちゅうで息《いき》が苦しくなって、声が出なくなった。

「ああ、こういうのか……お誕生日のプレゼントに、頼《たの》んだらいいって、詩織《しおり》にいわれたって……」

ペンダントを手にとって、しばらくじっとながめてから、

「やっぱり、買い物につきあうの、無理《むり》かなあ……女の子の店に、一人で行くの、ちょっとなあ……」

また困《こま》ったように、もごもごとつぶやいた。

（うそでしょう……なんで？　お月さまのペンダントは、カズくんに頼《たの》むはずだった

でしょ？　なのに、なんで、おにいちゃんに……？）

完全に頭が混乱《こんらん》して、何が起きたのか、わけがわからなかった。ふらふらとしゃがみこみそうになって――けど、つぎの瞬間《しゅんかん》、ハッとわれにかえって、大声でさけんだ。

「ジョーダンでしょっ！　真希《まき》ちゃんに、どんな話を聞いたか知らないけど、お月さまのペンダントを、おにいちゃんがプレゼントするなんて……。真希《まき》ちゃんが、どんなにカズくんのこと、好きだったか、知ってるくせに。ほんとは、カズくんに頼《たの》みたかったんだよっ。わかってるでしょっ！」

体の奥《おく》から、激《はげ》しい怒《いか》りがこみあげてきた。

「そっか。おにいちゃん、やっぱ真希《まき》ちゃんのこと、好きだったんだ。昔、家にきた時すごくうれしそうにしてたから、そうじゃないかって、思ってたんだ。まさか、チャンスだなんて思ったの？　真希《まき》ちゃんがカズくんと別れたから……。バッカじゃないの。真希《まき》ちゃんのこと、なんにもわかってないよ！」

ケータイをつかんで、急いで部屋を飛び出した。玄関《げんかん》を出て、そのまま走って、最初の角で立ちどまった。そして、すぐに真希《まき》ちゃんにメールを入れた。

「話したいことがあります。十分後、この前、カズくんと会った公園のベンチに来てください」

こんな急な呼《よ》び出《だ》しで無理《むり》かと思ったけど、一瞬迷《いっしゅんまよ》って、「くるまで、ずっと待ってます」と、つけたした。それから、かけ足で公園に向かうとちゅう、このいいようのない激《はげ》しい感情は、おにいちゃんにではなく、真希《まき》ちゃんに対してだと気がついた。

「詩織《しおり》、どうしたのっ」

公園のベンチについて、何分もしないうちに、真希《まき》ちゃんがハアハア息《いき》を切らせて走ってきた。ちょうど、こないだの夜のカズくんのように……。パッと立って、真正面から向き合うと、いきなり問いつめた。

「お月さまのペンダント、なんで、おにいちゃんに頼《たの》んだの？」

真希《まき》ちゃんはびっくりしたように、わたしの顔を見た。

「カズくんのことは、この前会ったつぎの日に、勇人《ゆうと》から聞いた。ねえ、どういうことか、ちゃんと説明して。ペンダントは、カズくんに頼《たの》むはずだったでしょ？　まさか、本気で別れるつもり？　そんなこと、ほんとにできるの？」

なるべく冷静《れいせい》にと思うのに、体の奥《おく》からマグマのように吹《ふ》き出《だ》してくる感情をおさえることができなかった。

「……ごめん、今までかくしてて……でも、詩織《しおり》には、どうしてもいえなくて……」

くずれるようにベンチに腰《こし》をおろすと、真希《まき》ちゃんは静かな声でポツリポツリと話し始めた。

「九月の終わりに、とつぜんカズに、ここに呼《よ》び出《だ》されて……同じレストランで働いてる人を好きになったって……話を切り出された時は、心臓《しんぞう》がとまるかと思った……。去年、仕事を始めたばかりの時、半年だけ先輩《せんぱい》のその人が、いろいろ助けてくれて……おたがいの家族のこととか、話すうちに……」

その後の言葉は、つらそうに飲み込んだ。そしてまた、気持ちをふるいたたせるように口を開いた。

「わたしのこと、これからもずっと、大事《だいじ》に思う気持ちは変わらないって……。でも、純粋《じゅんすい》に女の子として、好きって気持ちとは違《ちが》うって、その人に出会って、はっきりわかったって……。わたしに対しては、詩織《しおり》と同じように、妹みたいな気持ちだって……」

「それで……納得《なっとく》したの？」

カラカラにかわいたのどから、やっと声が出た。「納得《なっとく》」っていった時、おにいちゃんの顔がチラッと浮かんだ。

「ほんとに、そんな簡単《かんたん》にあきらめられるの？」

言葉を変えて、もう一度念《ねん》をおした。

真希《まき》ちゃんは答えなかった。もしかしたら、ものすごく残酷《ざんこく》な質問をしてるのかもしれないと思った。でも、二人のことを、心の底から、ずっと応援《おうえん》してきたから――おにいちゃんになんといわれようと、納得《なっとく》できるまで、あきらめる気になれない。

「お月さまの話、カズくんにしたの？」

真希《まき》ちゃんは、黙《だま》って首を横にふった。

「でも、お誕生日に、金のペンダントを贈《おく》ってほしかったのは、カズくんでしょ？

なのに、どうして、おにいちゃんに……もしかして、カズくんの代わり？」

最後は責めるような口調《くちょう》になった。真希《まき》ちゃんは、激《はげ》しくかぶりをふった。そして、
のどの奥《おく》からしぼり出すような声でいった。

「カズと別れた後、どうしていいかわからなくて……亨《とおる》くんしか、相談できる相手《あいて》が
いなかったから……悪いと思ったけど、急に電話で呼《よ》び出して……」

「えっ？　ぐうぜんじゃなかったの？　駅の近くで、ぐうぜんバッタリって……」

「亨《とおる》くん、そういったの？」

かすかにほほえむような表情を浮かべた。

「うそっ……けど、なんで、おにいちゃん……？」

真希《まき》ちゃんが、こんなに親しげに「亨《とおる》くん」て呼《よ》ぶなんて、びっくりした。いった

い、何がどうなってるのか、またわけがわからなくなった。

「カズを一番よく知っててくれる人だから……」

「おにいちゃんが？」

「そう……めったに会わないのに……顔見たとたん、こらえてた気持ちが一気にくずれて、ワッと泣き出しちゃって……。なぜか亨《とおる》くんには、なんでも話せて……それでつい、お月さまの話まで……」

（うそ……）

びっくりして、思わず、耳を疑《うたが》った。真希《まき》ちゃんの口から、そんな言葉を聞くなんて、信じられなかった。今まで真希《まき》ちゃんに抱《いだ》いていた想《おも》いが、いっぺんに吹《ふ》き飛《と》んだような気がした。

（なに、それ？）

頭にカッと血がのぼって——気がついたら、トゲトゲしい声でいっていた。

「おにいちゃんが、前から真希《まき》ちゃんのこと、好きだって知ってた？」

「えっ？」

「カズくんのことがあるから、もちろん表《おもて》には出さなかったし、わたしもはっきり聞いたわけじゃないけど、なんとなく感じてた。でも、カズくんとじゃ、笑っちゃうくらい、勝負《しょうぶ》にならないから、口に出すのもかわいそうな気がして、ずっと黙《だま》ってた」

自分でも、びっくりするくらい、意地悪《いじわる》ないい方《かた》だった。真希《まき》ちゃんに、こんな感情を持つなんて、初めてだった。

「ごめん……知らなかった……」

真希《まき》ちゃんの目から、とつぜんぽろぽろと涙《なみだ》がこぼれた。

「そうだよね……カズがいなくなったから、亨《とおる》くんにあまえようなんて、虫がよすぎるよね。亨《とおる》くん、優《やさ》しいから、ついわがままいって、『お月さまのペンダント、ちょうだい』なんて……でも、まさか、本気でくれようとしてたなんて……。ごめんね、詩織《しおり》。亨《とおる》くんにも、『ごめん』って伝えといて。話聞いてくれて、『ありがとう』って
……」

泣きじゃくりながら、一生懸命話《いっしょうけんめいはな》し続けた。

「わたし、カズのこと、あきらめるなんて……もしかしたら、一生できないかもしれない……でも、あの日、亨《とおる》くんが理由も聞かずに、飛んできてくれて、黙《だま》って話聞いてくれて……おかげで、なんとか前を向いて、歩いていけるかなって……」

そういって、うつむいた細い肩《かた》が、激《はげ》しく震《ふる》えてる。ずっとわたしのあこがれだった真希《まき》ちゃん――。いつもピンと胸《むね》はって、カッコよかった真希《まき》ちゃん――その真希《まき》ちゃんが、とても小さな弱々しい女の子に見えた。

そうだよね。真希《まき》ちゃんだって、つらくて、誰《だれ》かに頼《たよ》りたい時がある。思いっきり、泣きたい時もある……。そんな当たり前のことに、初めて気がついた。その相手《あいて》が、おにいちゃんだったなんて、地球がひっくり返るくらい、びっくりしたけど……。

「……正直《しょうじき》に話してくれて、ありがとう」

「えっ？」

真希《まき》ちゃんはハッとしたように、涙《なみだ》をぬぐって顔をあげた。

「おにいちゃんに優《やさ》しくされて、好きになったなんていわれたら、軽蔑《けいべつ》しようって思ってた。でも、真希《まき》ちゃんはやっぱり、わたしが思ってた通りの……ううん、それ以上にすてきな人だった」

そこで、真希《まき》ちゃんのほうに向き直って、ていねいに頭をさげた。

「カズくんみたいにぜんぜんカッコよくないけど、さえないおにいちゃんだけど、よろしくお願いします」

「ちょっと、やだ、なによ、詩織《しおり》ったら」

真希《まき》ちゃんはあわてて、わたしの腕《うで》をつかんで、顔をあげさせた。それから、いつものキリッとした声でいった。

「亨《とおる》くん、カッコ悪くも、さえなくもないよ」

「えっ？」

今度はわたしがあわてる番だった。ポカンと顔を見返すと、真希《まき》ちゃんはちぢこまってた体をほぐすように、両手をあたまの上にグウンとのばして、気持ちよさそうに深《しん》

呼吸《こきゅう》した。そして、

「ねえ、詩織《しおり》、カズがどうして亨《とおる》くんと友達になったか、知ってる？」

ニコッと笑って聞いてきた。わたしがずっとふしぎに思ってたことだった。

「カズに聞いた、二人の秘密《ひみつ》……詩織《しおり》だけに、特別に教えてあげる」

そういって、またニコッと笑うと、「たくさんのお月さま」の時のように、楽しそうに話し始めた。

「あなた達兄妹《きょうだい》が引っ越してきて、カズと亨《とおる》くんが同じクラスになって、すぐのこと――。教室で何人かの男の子達が、ふざけて遊んでるうちに、取っ組み合いのケンカになって、カズが亨《とおる》くんのT《ティー》シャツのえりをつかんで、破《やぶ》いてしまったの。担任の先生が、カズのことをものすごく怒《おこ》って……そしたら、亨《とおる》くんが『だいじょうぶ。これ、もうぼろぼろで、破《やぶ》けそうだったから』って……。でも、どう見ても、買ったばかりの新しいT《ティー》シャツで、先生も気づいてたみたいだけど、それ以上怒《おこ》るのをやめて、『これから教室であばれるのは、やめなさいね』って、二人に握手《あくしゅ》させたの。その時、カズ、こいつと一生《いっしょう》、友達でいようって決めたって……」
「一生《いっしょう》……？」

「そう……中学の時も、学校が違《ちが》うから、かえって気楽《きらく》になんでも話せるって……。高校やめて、長野《ながの》に行ってからも、ずいぶん亨《とおる》くんに力になってもらったみたい。『あいつ、見かけは、頼《たよ》りなさそうだけど、なんでも黙《だま》って聞いてくれるから、つい正直《しょうじき》にグチもこぼせるんだよなあ』って……」

「知らなかった……とっくにもう、つきあいなくなってたと思ってたのに……二人とも、なんで、今まで、黙《だま》ってたんだろう？」

「カズがいってたけどね、おたがい、ここだけの話って安心感《あんしんかん》があるから、なんでも話せるって……たぶん、わたし以外、勇人《ゆうと》達も誰《だれ》も知らないんじゃないかな。今も時どき電話で話したり、メールのやりとりしてるみたい」

「じゃあ、真希《まき》ちゃんのことも……？」

「ううん……それは、わたしとカズの問題だから。男同士って、そういうとこ、けっこうシビアに割り切ってるから」

（「男同士」……カズくんと、おにいちゃんが……）

「亨《とおる》くんが一番、カズのこと知っててくれるって、さっきいったけど……亨《とおる》くんのよさを一番知ってるのも、カズなんだって、今度のことで、改《あらた》めてよくわかった気がした。けど、一生《いっしょう》なんていえるの、うらやましいな。男と女だと、なかなかそうはいかないもんね」

真希《まき》ちゃんは、ちょっとさみしそうにほほえんだ。

（わたしの知らなかった秘密《ひみつ》が、こんなにたくさんあったなんて……）

『詩織《しおり》、いつも一直線に突っ走って、納得《なっとく》できないことは、絶対《ぜったい》しないだろ？　けど、そうもいかないことも、あるから』

（さっきの言葉、そういう意味だったんだ……）

「わたし、おにいちゃんのこと、なんにも知らなかった……毎日、同じ家の中で、顔あわせてるのに……」

「そうね。家族って、おたがい、近すぎて、案外《あんがい》わかってないのかもね」

真希《まき》ちゃんは、しんみりした表情でうなずくと、

「じつは、わたしも今度のことで、かあさん、見直した――っていうか、今までと、ちょっと見る目変わったの」といった。

「あの晩、あれから店に行って……おじさん、カウンターで酔《よ》っ払《ぱら》ってたんだけど、カズがいきなり『帰るぞ』って、イスから、ひきずりおろして……おじさん、怒《おこ》って、大暴《おおあば》れして……もうどうしていいかわからなくて、おろおろしてたら、かあさんがカウンターの奥《おく》から飛び出してきて、『ここは、わたしの店だよ。ケンカなら、自分んちでやってくれっ！』って、すごい見幕《けんまく》で怒鳴《どな》ったの。それから、ビシッとした声で、カズにいったの。『この際《さい》だから、一言いっとくけど、うちのろくでなしと違《ちが》って、征《せい》さんはちゃんとした腕《うで》を持った職人《しょくにん》なんだよ。わたしも職人《しょくにん》の家で育ったから、わかるけど、腕《うで》に誇《ほこ》りを持ってる職人《しょくにん》が、その自慢《じまん》の腕《うで》をふるう仕事取りあげられたら、どんなにつらいか、わかるか？』って。『人間、やりたい仕事が、やりたいようにで

きる時ばっかじゃないんだからさ。金稼《かねかせ》いで生きてくって、たいへんなことなんだよ』って……。カズは黙《だま》って、聞いてた。それから、かあさんに深ぶかと頭をさげて、『迷惑《めいわく》、おかけしました』って。『真希《まき》も、悪かったな』って、チラッとわたしを見て、おじさんを、かかえるようにして帰っていったの」

その時のことを思い返すように、そこで一瞬口《いっしゅん》をつぐんで、ふっと息《いき》をはいた。

「おじさんのしたことは、ひどいと思う。でも、かあさんのいうことも、なんとなくわかる気がしたの。ああ、この人は、女手《おんなで》ひとつで、ものすごく苦労して、わたしを育てたんだなって……。正しいとか、正しくないじゃなくて、人間て、それぞれ、いろんなものをしょって生きてるんだなって……。カズもきっと、それがわかったから、黙《だま》って聞いてたんじゃないかな」

真希《まき》ちゃんの言葉に、思わず泣きそうになった。カズくんもすごいって、改《あら》めて思った。やっぱり真希《まき》ちゃんが、心の底から愛した人だって……。

「わたしね、カズが理江《りえ》ちゃんのために高校やめたって知って、どうしてそこまでって、実は心の中で、ずっと反発《はんぱつ》してたの」

真希《まき》ちゃんは静かな声で、またポツポツと話し始めた。

「そのせいで、たまにしか会えなくなって……理江《りえ》ちゃんのこと、うらんでた。今、思うと、嫉妬《しっと》だったんじゃないかって……だから、こんな結果《けっか》になったの、きっとその罰《ばつ》だって……」

「罰《ばつ》？」

「だって、自分の好きな人のすることを、心から応援《おうえん》できないなんて、友達としても、恋人としても、失格《しっかく》だもん……。わたしも高校やめて働きたいっていった時、『美容《びよう》師《し》になる夢、あきらめんのかよ？』って、カズにものすごく怒《おこ》られた。ただ、カズのそばにいたいからって、甘《あま》えた考えだったから、たぶんそれも見抜かれたんだと思う。あんな子どもっぽい『お月さまの話』にあこがれて、いつも遠くばかり見て……けど、本物の夢は、もっと身近《みぢか》な現実の中にあるんだって……。理江《りえ》ちゃんは、自分の手で、自分の夢をつかもうとして、死にものぐるいで勉強してきた。だからこそ、カズも高校をやめてまで、本気で応援《おうえん》する気になったんだって……今はすごくよくわかる気がする」

そういうと、またちょっとつらそうにくちびるをかんだ。

「今度の、カズくんのおじさんのこと、おにいちゃん、知ってるの？」

真希《まき》ちゃんは、静かに首を横にふった。

「まさか、おじさんが家にくるなんて、ほんとにとつぜんで……カズから電話がかかってきたのも、九月の終わりに別れて以来、初めてで……やっと少し落ち着いてきたのに、久しぶりに声聞いたら、またカズに会って、自分の気持ちがどうなのか、こわくなって……」

「それで、ずっと留守電にしてたんだ……」

黙《だま》って、こくんとうなずいた。それから、急にパッと顔をあげて、前よりずっと明るい表情でいった。

「おじさんのことも、一時はどうなるかと思ったけど、でも、今度のことで、かえって、ふんぎりがついた気がする。まだしばらく時間がかかると思うけど、カズとまた、昔みたいに、幼《おさな》なじみにもどれたらなって……これも、虫がよすぎるかな？」

くすっと笑って、

「おじさんのことは、落ち着いたら、たぶんカズから亨《とおる》くんに直接連絡いくと思うから」といった。

今度はわたしが、きのう、カズくんに会って、聞いた話をいろいろ伝えた。家族全員で話し合って、おじさん達は離婚《りこん》することになったけど、理江《りえ》ちゃんはがんばって大学を受けることになったって。

「カズくん、今ごろ、長野《ながの》に戻《もど》ってると思う」

「そう、よかった……」

ホッと小さな息《いき》をはいて、一瞬《いっしゅん》、遠い目をした。それから、いつもの真希《まき》ちゃんらしい、おだやかな表情でいった。

「わたし、カズの時は、ほんとに好きで、大好きで……どうしたら、ずっといっしょにいられるか、もっと近づけるかって……一生懸命《いっしょうけんめい》考えて、いつも心の糸をピンとはりつめてた気がする。でも、詩織《しおり》にこんなこというと、怒《おこ》られるかもしれないけど……亨《とおる》くんといると、すごく落ち着けるっていうか……何も無理《むり》しなくて、だいじょうぶって気分になれて……」

そこで急に思いついたように、わたしのほうを向いて、

「詩織《しおり》にも、そういう相手《あいて》、いるよね？」といった。

「うん……」

とっさに、紺《こん》ちゃんの顔が浮かんだ。けど、すぐに勇人《ゆうと》の顔に変わった。

「今、詩織《しおり》が思い浮かべた人、詩織《しおり》のこと、ほんとに大事《だいじ》に思ってるよね。いつも、騎士《ナイト》みたいに、ピッタリ寄《よ》りそって」

「えーっ、ぜんぜん、騎士《ナイト》なんかじゃないって。こないだも、ケンカしたばかりだし」

思わず、大声でいい返したら、

「そうやって、いいたいこと、いいあえるのが一番よ」

わたしの目をまっすぐのぞきこんで、にっこりほほえんだ。

『なんだよ。氷ぐらい、いつでも食《く》わせてやるよ』

耳もとで、ぶっきらぼうな声が聞こえた気がした。たった三日、会わなかっただけなのに、ものすごくなつかしくて、涙《なみだ》が出そうになった。

カズくんが、真希《まき》ちゃんを幸せにしてくれる。お月さまをとってくれるって、ずっと思ってた。でも、それが、かなわなくなった。

今はすごくつらいけど、真希《まき》ちゃんはこの現実をしっかり受け止めて、前に進もうとしている。だからもし、おにいちゃんにその手伝いができるなら、妹として、真希《まき》ちゃんの永遠《えいえん》のファンとして、全力で応援《おうえん》していこう――改《あらた》めて、そう心に誓《ちか》った。

「あのね、じつはきょう、おにいちゃんに買い物につきあってほしいって、頼《たの》まれたんだけど、今度の中間、本気で勉強しようと思って……だから、代わりに真希《まき》ちゃんが、いっしょに行ってくれるとうれしいんだけど……」

「えっ、でも、買い物って？」

びっくりしたように聞き返された――その顔を見て、ハッとした。

（そうだよね。本気で、おにいちゃんにペンダント、頼《たの》んだんじゃないんだから……たったひと月前に、カズくんと別れたばかりで、そんなことできるわけないんだから……）

「あ、いや、あの……」

思わず、あせって、とっさに思いついたことを口にした。

「ごめんなさい。ほんとは、わたしもいっしょに行って、真希《まき》ちゃんのお誕生日、お祝《いわ》いしたかったんだけど……。プレゼントは何がいい？　ケーキ？　それともおしゃれなマフラーかなんか？　おにいちゃん、めちゃくちゃセンス悪いから、絶対《ぜったい》自分で選《えら》んだほうがいいと思うよ」

いい終わって、（なんとか、うまく、ごまかせたかな？）とホッとしてると、

「詩織《しおり》……ありがとう」

真希《まき》ちゃんの目から、またとつぜん涙《なみだ》があふれ出した。その瞬間《しゅんかん》、わたしにもやっ

とわかった気がした――きっとおにいちゃんも、本気でペンダントをプレゼントする気なんてなかったんだって。でも、わたしがいつまでも、カズくんのことにこだわってたら、真希《まき》ちゃんを苦しめることになるから……だから、わたしが心から納得《なっとく》して、真希《まき》ちゃんの新しい出発を応援《おうえん》できるように、わざとあんなうそをついたんだって。初めから、こうなることがわかってて――なんて、いくらなんでも、考え過ぎかもしれない。もしかしたら、ただ単純《たんじゅん》に真希《まき》ちゃんを元気づけようとして、プレゼントしようとしたのかもしれない。けど、だったら、まだまだ早過ぎるよ。

「あ、でも、気が進まないなら……」

いいかけたわたしの言葉を、真希《まき》ちゃんが急いでさえぎった。

「ううん……この後、五時にバイトに行くまで、何も予定ないし、亨《とおる》くんにも、直接会って、お礼いいたいから」

「ほんと？　よかった。急に飛び出してきちゃったから、きっと、今ごろ、ものすごく心配してると思うんだ」

「じゃ、すぐに連絡するね」

真希《まき》ちゃんはニコッとうなずいた。

「詩織《しおり》は、これから家に帰って、勉強？」

「あ……わたしは先に、ちょっと寄《よ》って行きたいとこあるから」

もぞもぞいったとたん、

「そっか」

急に意味シンな目つきで、ニヤッと笑って、

「じゃ、行ってらっしゃい。いろいろ、ありがと。騎士《ナイト》くんに、よろしく」

ひやかすように、ひらひら手をふった。

（えっ、やだ。どこに行くなんて、いってないじゃん）

あわてて、いいわけしようとしたのをやめて、

「あ、うん、じゃ……」

わたしも手をふって、歩き出しながら、

（やっぱ、騎士《ナイト》はいい過ぎだよなあ）と思った。

（確かに、遅くなった時は、いつも心配して、家まで送ってくれるけど……じゃあ、ボディガード？　なんて、カッコいいもんじゃないし、用心棒《ようじんぼう》なんて、時代劇《じだいげき》みたいだし……ま、なんでも、いっか。勇人《ゆうと》は、勇人《ゆうと》だから……）

ケータイで時間を見ると、もう一時を過ぎていた。今、どこで、何をしてるかわからないけど、とりあえず、メールを送ることにした。

ちょっと考えて、（キンキュウ　ヨビダシ　シレイ）と、打ちこんだ。

「緊急呼《きんきゅうよ》び出《だ》し指令《しれい》」

漢字に変換《へんかん》された画面を見ながら、なにごとかと、ギョッとしてる顔を思い浮かべた。なんせ三日ぶりだから、このくらいインパクトがなくちゃ。

（場所は……いつものプラネタリウム）

きょうは、すごく天気がいいから、きっと夕焼《ゆうや》けがきれいだろうな。だったら、夕がたのほうがいいかなあ？

ごちゃごちゃ考えてるうちに、メールなんてやめて、直接アパートにおしかけようと決めた。もし、いなかったら、久しぶりにおばちゃんとおしゃべりでもして……。想像《そうぞう》しただけで楽しくなって、はずむ足どりで公園を出た。と、

『他人の幸せがどうたらいって、ごまかすなよ』

クギをさすように、またあの時のきびしい表情が頭をよぎった。

そう、たぶん、真希《まき》ちゃんのことだけじゃない。いつもまわりを見て、うらやましがったり、あこがれたり……自分の家族の不満《ふまん》ばかりいって……勇人《ゆうと》は、それもしっかり見抜《みぬ》いてた。

『人間て、それぞれ、いろんなものをしょって、生きてるんだなって……』

さっき真希《まき》ちゃんがいった言葉が、ずっと心にひっかかってる。

ママがしょってるものなんて、あるんだろうか？　でも、見ようとしなければ、何も見えない。おにいちゃんのことだって、真希《まき》ちゃんから話を聞かなければ、何も知らなかった。真希《まき》ちゃんが一番つらい時、ささえてあげる強さと優《やさ》しさを持ってたな

んて……。

　おにいちゃんが真希《まき》ちゃんに、お月さまのペンダントをプレゼントする日がくるんだろうか？　くるといいなって、思う。

　本物の夢は、もっと身近《みぢか》な現実の中にあるって、真希《まき》ちゃんはいった。それはそうかもしれないけど、わたしはやっぱり、遠い空にぽっかり浮かぶお月さまの話が好きだって思う。手が届かないからこそ、どんな時も、変わらず、見守ってくれる――ね、そうでしょ、真希《まき》ちゃん？

「たくさんのお月さま」の話、きょう会ったら、勇人《ゆうと》にしてみようかな？　「わたしもお月さまがほしい」っていってみようかな？　「氷みたいに、簡単《かんたん》には手に入らないけど」って――。でも、勇人《ゆうと》のことだから、「あれは、金じゃなくて、チーズだよ」なんて、とぼけた顔して、いうかもしれない。

　やっぱ、やめた。お月さまの話は、真希《まき》ちゃんとの大切な秘密《ひみつ》として、そっと心にしまっておこう。そして、勇人《ゆうと》とは、とりあえず、今度の試験、がんばろうって――。

それから、おたがいの家族のことや、将来《しょうらい》のこと、たくさん話して、後何年かかるかわからないけど、自分達の夢をゆっくり探《さが》していこうって――。オレンジ色の夕焼《ゆうや》けの中で、いつものあの石段に並《なら》んですわって――。

好きなもの

図書館の高い窓《まど》から時おり
むせ返るような室内に吹き込んでくる風

朽《く》ちた木《こ》の葉《は》の色

コンクリートの陰《かげ》と日なたの境《さかい》

しーんと静まりかえった闇《やみ》の中
かすかに聞こえてくる夜汽車の音

ソフトクリームのコーンの最後のひとかけら

空色のビー玉

何気《なにげ》ない家族との会話

そして

あなたとの約束の場所へ向かう

この道——

泉 啓子（いずみ けいこ）

デビュー作の『風の音をきかせてよ』（岩崎書店）で、日本児童文学者協会新人賞を受賞。他に『月曜日のかくれんぼ』（草土文化）『サイレントビート』（ポプラ社）『ロケットにのって』（新日本出版社）『夏のとびら』（あかね書房）『シキュロスの剣』『晴れた朝それとも雨の夜』（ともに童心社）など。

「たくさんのお月さま」の作中の童話は、作者の子ども時代の記憶を元にしていますが、出版にあたり、『たくさんのお月さま』（ジェームズ・サーバー 文　ルイス・スロボドキン 絵　なかがわちひろ 訳　徳間書店）『たくさんのお月さま』（ジェームズ・サーバー 作　今江祥智 訳　宇野亜喜良 絵　ブックローン出版）などを参考にしました。

「夕焼けカプセル」

2012年3月15日　第一刷発行
2017年4月25日　第五刷発行

作……………… 泉 啓子

装画……………… 丹地陽子
装丁……………… カマベヨシヒコ（ZEN）

発行所……………… 株式会社 童心社
〒112-0011東京都文京区千石4-6-6
電話　03-5976-4181（代表）
　　　03-5976-4402（編集）

製版・印刷・製本…… 図書印刷株式会社

ISBN978-4-494-01959-5

published by DOSHINSHA
printed in Japan
NDC913　304P　19.4×13.4cm
ホームページ　http://www.doshinsha.co.jp/